Opaline Allandet

I0675637

Quentin
le Rebelle

roman

Éditions Dédicaces

QUENTIN LE REBELLE, par OPALINE ALLANDET

Ce livre fait suite au roman intitulé : Godefroy le Cruel.

DU MÊME AUTEUR:

- Le fruit du chagrin (roman) Éditions Graine d'auteur, 2007.
- L'insoumis (roman) Éditions Graine d'auteur, 2007.
- Carlane et l'énigme des quais, Éditions Graine d'auteur, 2009.
- Célestine dans la tourmente (roman) Éditions Edilivre, 2011.
- Émotions saisies (tankas) Éditions Du Masque D'Or, 2011.
- À fleurs d'ombre (poésie) Éditions Dédicaces, 2012.
- Nouvelle aube (poésie) Éditions Dédicaces, 2012.
- Gabrielle de Cordemoy (roman) Éditions Edilivre, 2012.
- Soirée d'azur (poésie) Éditions Dédicaces, 2013.
- Autour d'un héritage (roman) Éditions Edilivre, 2013.
- La chaussure rouge (roman) Éditions Edilivre, 2014.
- Godefroy-le-Cruel (roman) Éditions Dédicaces, 2014.
- Pétales de vie (poésie) Éditions Dédicaces, 2015.

ÉDITIONS DÉDICACES INC.
675, rue Frédéric Chopin
Montréal (Québec) H1L 6S9
Canada

www.dedicaces.ca | www.dedicaces.info
Courriel : info@dedicaces.ca

© Copyright — tous droits réservés – Éditions Dédicaces inc.
Toute reproduction, distribution et vente interdites
sans autorisation de l'auteur et de l'éditeur.

Opaline Allandet

Quentin le Rebelle

A Michel BERTHELIN que je remercie
pour son amical soutien.

*"La vengeance serre le cœur
autant que la mâchoire"*

Charles de Leusse

Avant-propos

Ce livre fait suite à "Godefroy-le-Cruel" écrit en 2014. Les personnages restent cependant fictifs. Mais le récit se déroule dans un contexte historique réel, que j'ai bien étudié, celui de l'Empire Romain Germanique durant le Moyen-âge, car la Bourgogne, à cette époque-là, était rattachée à cet Empire.

J'ai volontairement mis l'accent sur la très dure condition féminine. La femme n'existait qu'à l'ombre d'un homme (un époux, un père, un frère, un oncle, etc.) même chez les aristocrates.

Les historiens révèlent peu de choses sur cette condition, car ils étaient des hommes... D'autre part, j'ai tenu compte du fait que le Moyen-âge se trouvait sous la domination de l'Eglise catholique et que souvent les papes étaient davantage considérés que les rois. La religion occupait donc une place importante au sein de la société médiévale.

Première Partie : Isadora de Willeim

Par une radieuse matinée de juin 1197, Godefroy de Lanicey, surnommé "Godefroy-le-Cruel", manda son chauffeur afin que celui-ci préparât la carriole qui devait le conduire à Varois, chez le duc de Sacht. Il s'agissait d'une voiture tirée par deux chevaux. Le sire était accompagné par trois de ses hommes, car un seigneur ne voyageait jamais seul.

Comme il avait l'intention de séjourner plusieurs jours là-bas, il avait ordonné à sa femme de chambre de regrouper ses effets dans une malle. Il avait pris grand soin de sa personne : ses cheveux noirs parsemés de quelques fils blancs avaient été coupés, ainsi que sa barbe, et il s'était vêtu légèrement d'une longue tunique de lin beige, retombant sur ses chausses noires. Resté grand et fort pour son âge, il gardait fière allure.

Lorsqu'il pénétra dans la grande allée qui conduisait au château de Vauzelle, il songea encore une fois que sa propre forteresse était plus impressionnante que celui-ci, et il s'en trouva réjoui. Les gardes le reconnurent et le laissèrent franchir le pont-levis. Il tira fortement sur la cloche qui pendait à côté du portail.

Un serviteur lui ouvrit et lui fit la révérence.

- Entrez, seigneur !

Puis, soudain, son gendre, Othon de Sacht, courut à sa rencontre :

- Ah ! Cher ami, vous voici enfin parmi nous ! Puis il lui serra la main chaleureusement. Soyez le bienvenu et mettez-vous à votre aise. Vous devez sans doute être fatigué.

7

- Non pas ! Répondit le baron. Je me porte encore bien.

Lidwine se trouvait dans une pièce voisine, occupée à bercer son nourrisson.

Reconnaissant la voix bourrue de son père, elle prit l'enfant dans ses bras, le serra contre elle et lui murmura tout bas :

- Ton grand-père est arrivé et je dois te présenter à lui. J'espère, mon chéri, que tu ne lui ressembleras pas, car c'est un méchant homme.

Cependant, la jeune femme embrassa son père cordialement et lui présenta le petit Conrad.

- N'est-il point ravissant notre fils ? Demanda Othon, très fier de leur rejeton.

- Oui, c'est un magnifique bébé ! Assura Godefroy qui cherchait des yeux Isadora, la cousine de son ami.

La jeune veuve, en effet, était apparue au fond de la salle, souhaitant demeurer discrète.

- Approchez, chère dame, que je vous admire de plus près, s'exclama le sire.

Isadora rougit légèrement, ce qui accrut son charme naturel. Puis elle s'avança vers Godefroy.

- Souffrez, madame la marquise, que je vous baise la main. Vous êtes si charmante !

- Je vous autorise à m'appeler Isadora, déclara-t-elle, après avoir effectué sa révérence.

- A la bonne heure ! J'en suis très flatté.

La marquise de Willeim, âgée de trente deux ans, paraissait plus jeune que son âge. Elle portait une épaisse natte blonde qui ressortait derrière sa coiffe, comme presque toutes les Alsaciennes. Sa peau laiteuse ne présentait aucune ride, et son visage rond était gracieux. Bien proportionnée, sa taille fine mettait en valeur ses formes féminines, que Godefroy jugea appétissantes.

Il songea que sans être aussi belle que l'avait été Mahaut, sa première épouse, dans sa jeunesse, cette dame possédait beaucoup d'attraits, et il se sentit conquis.

- Vous êtes veuve, m'a-t-on dit. Je me demande bien pourquoi une aussi jolie dame que vous n'est pas encore remariée ?

Lidwine quitta la pièce, agacée par les propos galants de son père. Révoltée, car elle ne pouvait pas oublier le long et odieux martyr qu'il avait infligé à sa mère innocente. Ce supplice s'était soldé par le décès de celle-ci, affaiblie et anéantie par tant de cruauté ! (voir Godefroy-le-Cruel).

Le lendemain, comme la journée s'annonçait radieuse, Othon proposa à Godefroy et à sa cousine d'effectuer une promenade dans les environs du château, dans sa propre carriole.

Assis aux côtés d'Isadora, le baron respirait son doux parfum à la violette et il en fût tout émoustillé. Le paysage très vallonné de ce comté présentait des côtes raides et de nombreux virages durant lesquels Isadora se trouva projetée contre le sire, pour le plus grand plaisir de ce dernier. Alors il en profita pour la tenir par le bras, afin qu'elle fût moins secouée. La jeune femme, de son côté, parut apprécier ce geste protecteur, car non seulement elle ne retira pas son bras, mais elle se rapprocha de lui…
Ils suivirent un chemin de halage qui longeait un fleuve sinueux et revinrent par un sentier plus fréquenté. Une brise légère les caressait agréablement au passage. Cette promenade se révéla délicieuse.

Le duc de Sacht fut enchanté de s'apercevoir qu'une tendre intimité naissait entre ses deux invités.

De retour au château, la marquise se retira un instant dans sa chambre pour se reposer. Là, elle se mit à réfléchir. Son cousin lui avait vanté la bravoure ainsi que la bonne éducation du baron. Elle n'ignorait pas que sa forteresse était imposante et que de nombreuses terres dépendaient de celle-ci. Mais sa propre fortune, héritée de feu son époux, lui suffisait. Non, ce dont elle rêvait c'était de s'épanouir aux côtés d'un seigneur courageux, fidèle, et qui saurait la protéger. De plus, il serait bon que son fils Karl, âgé de dix ans, pût bénéficier de l'exemple d'un véritable chevalier, à défaut d'un père. Or, le baron de Lanicey semblait posséder ces vertus. Isadora songea que, si toutefois ce seigneur la demandait en mariage, elle ne refuserait pas.

Pendant ce temps, au salon, les deux amis s'étaient retrouvés pour discuter. Othon questionna Godefroy au sujet de son fils.

- Est-ce que vous regrettez le départ de Quentin ? Il aurait pu vous faire ses adieux avant de s'enrôler dans l'armée de notre empereur.

- Non, à vrai dire, son départ ne m'a pas chagriné, car son caractère s'opposait trop au mien.

Il n'était pas assez soumis ni raisonnable pour que nous nous entendions. Je conçois encore de la rancune à son égard.

- Ah ? Pourquoi donc ?

- Parce qu'il a refusé le riche mariage que j'avais organisé pour lui, avec Bertille d'Attrans, la fille d'un de mes voisins et amis. Les négociations avec le marquis d'Arttrans avaient favorablement abouti. Bertille, elle-même, paraissait ravie. Nos terres étant reliées, cela aurait renforcé notre fortune et notre importance aux yeux d'autres seigneurs, et pourquoi pas, du duc de Bourgogne. Eh bien non, il a refusé !

- Savez-vous pourquoi il vous a fait cet affront ?

- Oui, car il s'était amouraché d'Aliénor de Scéry et préférait épouser celle-ci. Il est certain que cette jeune fille était dotée d'une exceptionnelle beauté. Mais son père, avant de décéder, me l'avait confiée, et Aliénor m'appartenait. (voir Godefroy-le-Cruel)

- Cet amour était-il partagé ?

- Vous devez bien le savoir, cher Othon, car mon fils a dû vous en informer.

Le duc de Sacht, qui connaissait effectivement la réalité, préféra lui cacher qu'il avait soutenu la cause de Quentin. Godefroy l'aurait renié sur-le-champ, l'accusant de trahison ! Il connaissait trop l'impétuosité de son ami.

- Je pense qu'il devait l'être puisque Quentin s'était enfui avec elle. Je l'ai appris par mon messager qui est ami avec Wilfried, un de vos anciens serviteurs. Le plus terrible est qu'Aliénor s'est fait assassiner par la suite. Je me demande qui a pu souhaiter sa mort, alors qu'elle possédait tant de bonté !

- Oui, moi aussi, mentit calmement Godefroy.

- Et je suppose que l'on ne mettra jamais la main sur le coupable...

- Certainement pas.

Le baron jugea qu'il fallait clore ce sujet. Aussi, enchaîna-t-il sur la politique.

- Le bruit court qu'une quatrième Croisade se prépare. Savez-vous si elle aura effectivement lieu ?

- Non, répondit Othon, ce n'est pas certain. Pourtant j'estime qu'elle serait nécessaire, afin de venger tous nos vaillants compagnons qui se sont fait sauvagement massacrer à nos côtés, il y a quelques années.

- Je partage votre avis. Mais il paraît que notre empereur, Henri VI, a décidé de la conduire.

- Dans ce cas, votre fils y participera, et il aura l'occasion de démontrer sa bravoure.

A ce moment-là, Lidwine et Isadora traversèrent la pièce afin de se promener dans le jardin. La marquise leur proposa de les accompagner, ce qu'ils acceptèrent avec empressement.

Godefroy séjournait chez sa fille depuis dix jours, et, bien qu'il s'y plût beaucoup, il décida de repartir chez lui.

- Mais pourquoi ne restez-vous pas davantage ici ? Lui demanda le duc en aparté.

- Il faut bien que je surveille mes propriétés, malgré

la compétence d'Ulric en qui j'ai toute confiance. C'est plus fort que moi.

- Avez-vous pu vous faire une opinion sur ma cousine en si peu de temps ?

- Bien sûr ! Je possède beaucoup d'expérience et de savoir-faire avec les Dames, et je peux vous assurer que mon choix est arrêté.

Son ami en fut un peu abasourdi. Puis il se souvint que lui-même était tombé amoureux de Lidwine dès qu'il eût vu son portrait.

- Puis-je connaître votre décision ?

- Ne vous inquiétez pas. Vous l'entendrez au moment de mon départ.

Durant tout le repas de midi qui fut servi dehors, sous une tonnelle de roses tant il faisait beau, Othon se montra quelque peu nerveux, craignant un refus de la part du baron. Mais celui-ci demeura imperturbable, tout en avalant avec gourmandise les bons plats de volailles, ainsi que les desserts, apportés par un serviteur. Quant à Isadora, elle parut attristée lorsque Godefroy annonça son départ. En son for intérieur, elle songea avec dépit qu'elle n'avait pas su lui faire comprendre l'intérêt qu'elle éprouvait pour lui. Elle resta silencieuse, écoutant à peine la conversation qui évoquait encore la situation politique du Saint Empire Romain Germanique, et mangea du bout des lèvres. Cette attitude n'échappa pas au malicieux sire qui s'en réjouit en lui-même. Il avait atteint son but. Aussi, lorsqu'il se leva, après avoir savouré une excellente liqueur régionale, la marquise semblait absorbée dans ses pensées.

Ce fut alors que Godefroy s'avança auprès d'elle, et, après avoir accompli sa plus belle révérence, lui déclara :

- Madame, j'ai le grand honneur de vous demander votre main. Acceptez-vous de m'épouser ? Isadora, sur-le-champ, se demanda si elle ne rêvait pas. Puis lorsqu'elle réalisa que cette déclaration s'adressait bien à elle, la jeune femme répondit avec un sourire éblouissant.

- Oh Seigneur ! Vous m'en voyez fort heureuse ! Oui, je l'accepte.

Othon poussa un cri de joie. Mais Lidwine, de son côté, se contenta de les féliciter. Elle craignait tant que son amie devînt aussi malheureuse que sa défunte mère ! Mais elle dut garder ce secret pour elle-seule.

Le duc agita une cloche afin d'appeler son serviteur.

- Corentin, amène-nous encore du bon vin. Nous devons arroser un excellent évènement.

Le Saint Empire Romain Germanique était, en juin 1197, dirigé par Henri VI, le fils aîné de Frédéric Barberousse. Il fut baptisé "Henri-le-Sévère" car il possédait un tempérament brutal et belliqueux, n'hésitant jamais à massacrer autour de lui. Son père l'avait marié, à vingt ans, à Constance de Hauteville, une duchesse de Bourgogne. Il eut un fils, Frédéric II, en 1194. Proclamé roi des Romains en 1169, il fut couronné roi d'Italie en 1186, et souhaita s'emparer de la Sicile. Pour ce faire, il fit emprisonner dans un fort, Richard-Cœur-De-Lion, roi d'Angleterre, et soutira une forte rançon de la part des Anglais avant de le libérer. Ensuite, il se débarrassa du souverain de Sicile en le faisant s'asseoir sur un trône chauffé à blanc. Puis il fit séquestrer la reine Sybille de Sicile, ainsi que ses trois filles. Quant à leur fils, qui n'était qu'un enfant, il lui fit crever les yeux. Enfin, non content d'avoir tué le souverain, il le fit exhumer de sa tombe afin de le faire décapiter. Il fit également assassiner l'évêque de Liège en 1192. Ayant de nombreux ennemis, à cause de sa cruauté, aussi bien à l'intérieur de l'Empire qu'à l'extérieur, il ne put maintenir en Germanie la paix qui existait durant le règne de son père. De nombreux princes allemands se soulevèrent contre lui, et se répartirent en deux clans rivaux : le clan des Hohenstaufen (le sien) et le clan des Brunswick.

Godefroy de Lanicey ne perdit point de temps. A

peine rentré dans sa forteresse, il demanda à rencontrer Ulric, son complice de tous les instants, même les pires, et lui exposa ses intentions.

- Ulric, toi qui es devenu mon principal confident, il faut que je t'informe de ma nouvelle décision.

- Je vous écoute, maître.

L'homme sans âme attendit que Godefroy lui indiquât un siège, puis il s'y installa. Son visage était si ridé qu'on eût pu difficilement lui donner un âge. Mais il devait bien avoir dépassé la quarantaine. A présent, il laissait pousser sa barbe et sa moustache, ce qui dissimulait son mauvais rictus.

- Voilà, je serai bref : je vais bientôt me remarier.

Ulric ne leva pas même un sourcil, habitué à cacher ses opinions. Mais il ne fut pas surpris.

- Avez-vous déjà déniché une autre jolie Damoiselle ?

Connaissant parfaitement le sire, il ne fit aucune allusion à Aliénor, celle-ci n'existait plus.

- Tu as vu juste, répondit Godefroy en se frottant les mains. Mais cette fois je vais convoler avec une riche veuve, marquise de son état. Et, pour cette raison, je te demande d'ordonner à tous les gens de maison que j'emploie ici, d'astiquer entièrement le château, de façon à ce qu'il n'existât plus un grain de poussière.

- Il en sera fait ainsi, maître. Je désire simplement savoir à quelle date vos noces auront lieu.

- Dans trois semaines, le temps nécessaire pour organiser tous les préparatifs.

Ulric, qui ne perdait aucune occasion de boire, attendit que le sire lui proposât de trinquer. Il jeta un œil coquin dans la direction du placard secret qui renfermait d'excellentes bouteilles. Godefroy comprit aussitôt ce signal et se détourna pour en sortir une, provenant de leur bon terroir.

- Allez, trinquons à mes nouvelles amours ! s'écria-t-il en riant joyeusement.

14

- Oui-da, maître, et je vous souhaite beaucoup de plaisir ! répondit Ulric dont le rire grinça comme un vieux rouet.

Puis il osa proposer :

- Devrai-je la surveiller discrètement, ainsi que je devais le faire pour Dame Mahaut ?

- Non. Ce ne sera pas nécessaire, car cette Dame-là, bien qu'elle soit très jolie, n'attirera pas autant les regards que cette chienne qui pourrit, heureusement, sous terre. Elle ne possède pas non plus l'insolente beauté d'Aliénor.

L'homme sans âme se garda bien de faire la moindre réflexion au sujet de la jeune fille assassinée. Ce fut comme s'il ne l'eût jamais connue.

Et ils mirent à rire à nouveau grassement. Ils devisèrent encore à propos des fermages et du rendement des terres.

Godefroy affichait une humeur très joyeuse. Assis confortablement dans son fauteuil, en haut de la tour où se trouvait situé son cabinet de travail, il était redevenu le chef incontestable et incontesté de ces lieux. Son fils ne pouvait plus le contrarier.

La nouvelle du remariage du baron se répandit comme une traînée de poudre parmi tous les serviteurs de la forteresse. Mais celui-ci leur interdit formellement, sous peine d'être pendus, de faire allusion au décès de Mahaut, sa précédente épouse. (Voir Godefroy-le-Cruel). La marquise devait absolument ignorer cela.

De nombreuses femmes, embauchées depuis peu, se réjouirent à l'idée de servir cette grande Dame inconnue. Ce sombre château allait enfin retrouver vie. Car le sire devrait organiser des fêtes afin d'exhiber sa nouvelle épouse devant les autres seigneurs du comté. Mais les servantes les plus anciennes, dont Hildegarde et ses filles, accueillirent cette décision avec moins d'empressement : elles se souvenaient amèrement de la précédente baronne, dont l'immense beauté l'avait conduite au tombeau. Mais elles jurèrent de garder le silence à ce sujet.

15

D'un autre côté, quand leur maître leur apprit que cette veuve avait un fils âgé de dix ans, elles se déclarèrent ravies. Un enfant, empli d'entrain et d'insouciance, risquait d'aplanir certains problèmes. Et puis celui-ci leur rappellerait sans doute Quentin, cet enfant chéri qui avait grandi et disparu, depuis six mois déjà.

Hildegarde se rendait chaque jour dans la petite chapelle du château et priait la Vierge avec ferveur, afin qu'Elle lui ramenât Quentin. Le jeune homme lui manquait tant ! Lorsqu'elle s'était assurée que personne ne l'avait aperçue, à la nuit tombée, elle se faufilait jusqu'au monceau de terre qui devait recouvrir la dépouille de Mahaut. Elle priait aussi pour le repos de l'âme de son ancienne maîtresse, et laissait s'échapper quelques larmes....

Quand Isadora de Willeim, accompagnée de son fils Karl, franchit les deux ponts-levis qui protégeaient l'imposante forteresse de Lanicey, elle se sentit intimidée. Et, sans savoir pour quelle raison, un frisson de crainte lui parcourut l'échine. Elle dut se rendre dans son appartement, voilée, devant même cacher son visage. Car personne ne devait la regarder avant son mariage.

Godefroy désirait créer une surprise totale pour ses subalternes, ainsi que pour les habitants qui dépendaient de son fief. En outre, une vieille légende, transmise oralement de génération en génération, laissait croire que si la future mariée était vue avant la célébration des noces, cela lui porterait malheur. Seule, Hildegarde l'avait aperçue, alors qu'elle se croyait seule dans le couloir qui conduisait à sa chambre. Mais la vieille servante, qui s'était cachée pour l'observer, la jugea moins belle que Mahaut, et en fut soulagée.

Le prêtre qui officiait dans la forteresse vint trouver le baron afin de préparer une cérémonie religieuse. Mais celui-ci refusa net.

16

- Mon brave curé, comment osez-vous me proposer de faire de telles simagrées alors que vous savez depuis longtemps que je ne crois pas en votre Dieu ?

- Mais, Seigneur, vous devez obéir au pape Innocent III qui exige le sacrement du mariage ! Sinon, vous ne goûterez jamais aux joies du Paradis.

- Je me moque bien du Paradis ! Je vous demanderai simplement de bénir les anneaux, ainsi que le lit nuptial afin que cette union soit féconde. Ceci me paraît le plus important.

- Je comprends très bien cela; l'Eglise accepte le mariage surtout dans le but de procréer.

- Et j'entends bien donner encore naissance à un fils !

Ajouta Godefroy.

- A la bonne heure ! Se réjouit le curé.

***

Le jour du mariage, célébré le 30 Juillet 1197, fut une journée mémorable. Le soleil brilla généreusement, et tous les invités, rangés selon leurs classes sociales, s'en réjouirent. Le peuple y fut aussi convié. Dans les rues, la musique des flûtes résonna et certains manants dansèrent entre eux jusqu'au château. Une immense table fut montée sur des tréteaux. Puis tous les convives, placés selon leur rang, s'attablèrent au son du cor. Les serviteurs, fort nombreux, s'activèrent pour apporter les plats, ainsi que pour couper les viandes : celles-ci provenaient essentiellement de l'élevage des porcs, ainsi que du gibier récolté au cours des chasses. Entre chaque nouveau plat résonnait le son du cor. Les viandes étaient accompagnées de carottes, de betteraves, de fèves et de pois, le tout très épicé. Derrière eux se tenaient les artisans et les paysans qui eurent l'occasion de se régaler. Ils faisaient grand tapage et il fallut les semoncer. Les seigneurs se révélèrent plus dignes. Ils ne manquèrent pas de féliciter le baron de

Lanicey. Isadora fut tout de suite entourée par de nobles dames qui lui proposèrent leur amitié, et elle en fut très émue. Vêtue d'une longue robe de soie bleue pâle entremêlée de fils dorés, elle fut très admirée. Ses cheveux blonds, enserrés dans un grand voile blanc, illuminaient son visage. Même son fils fut bien adopté, il avait fière allure dans ses vêtements tout neufs. De plus, il possédait déjà le maintien d'un jeune noble.

La nuit de noces fut une merveille pour tous les deux, bien que la sexualité, même entre époux, ne fût pas recommandée par l'Eglise. Godefroy ne fut pas déçu quand il eut dévêtu sa compagne : elle n'était pas très grande, mais ses formes étaient épanouies à souhait, et restaient fermes. Il prit le temps de l'admirer avant de jouir de son corps souple et brûlant. Et comme Isadora osa se révéler sensuelle, son plaisir en fut accru.

Deux mois et quelques jours plus tard, alors que le sire compulsait des archives dans son cabinet, il entendit soudain un brouhaha inhabituel en bas de sa forteresse. Des hennissements de chevaux mélangés à des voix d'hommes. Il se leva et se précipita en haut du donjon, afin de vérifier s'il ne s'agissait pas d'assaillants. Mais il reconnut un émissaire du royaume, accompagné de trois autres cavaliers. Que pouvait-il se passer ? Il ordonna aux gardes d'élever le pont-levis et de laisser pénétrer ces hommes. Il les reçut dans la salle d'armes, située au rez-de chaussée.

Le comte de Poix, dépêché par un prince, salua le baron et lui dit.

- En votre qualité de chef de fief, je dois vous informer que notre empereur Henri VI a été tué le 28 Septembre, au cours d'une bataille qui se déroulait à Messine, en Sicile.

Godefroy en resta tout d'abord abasourdi. Puis il récupéra vite ses esprits.

- Est-ce possible ! Mais il n'avait que trente deux ans. Et qui va nous gouverner maintenant ?

- Pour l'instant, nous l'ignorons Je crois que, avant de participer à la Quatrième Croisade, il avait nommé son frère, le duc de Souabe, régent. Mais rien n'est certain.

- Alors je pense que nous allons bientôt plonger dans une guerre civile, car l'accès au trône sera revendiqué par plusieurs grands princes d'Allemagne.

- J'en ai bien peur ! répondit le comte.

- Personnellement, je ne le regretterai pas, car il était trop sanguinaire et ne songeait qu'à tout écraser sur son passage. Il ne possédait pas du tout l'envergure de son père qui a fait de notre Empire le plus grand royaume d'Europe.
Le comte de Poix poursuivit :

- Notre suzerain m'a chargé de vous en informer, car il souhaiterait obtenir votre appui afin de favoriser l'élection de Philippe de Souabe. Il sait que vous êtes un meneur d'hommes.

En effet, Godefroy avait autrefois harangué ses voisins chevaliers afin de les motiver pour participer à la Troisième Croisade.

- J'en suis hautement flatté ! Dîtes-lui qu'il peut compter sur moi.

Après le départ des trois cavaliers, il réfléchit un instant. Il songea que la Germanie allait entrer dans une période de crise, de conflits certains. Le seul fils de Henri VI, Frédéric II, était âgé de trois ans. Il fallait donc trouver un régent. Il prit la décision de faire prévenir tous les hobereaux voisins de sa forteresse, par l'intermédiaire d'Ulric qui était devenu en quelque sorte son bras droit, depuis le départ de Quentin. Il adressa également un pli à son gendre et ami, le duc de Sacht, sachant que ce dernier partageait ses opinions.

Isadora n'attacha pas beaucoup d'importance à cette nouvelle, car elle s'intéressait peu à la politique. Elle cherchait davantage à plaire aux habitants de la forteresse, ainsi qu'à leurs voisins proches. Et puis elle devait veiller à l'éducation de son fils. Elle fit venir un précepteur afin qu'il continuât à lui enseigner l'arithmétique et la grammaire.

Kart était un enfant charmant, à l'intelligence vive qui connaissait déjà les règles du savoir vivre. Il se prit aussitôt d'amitié avec un jeune page, Hugues de Chassiniat, qui recevait les enseignements militaires de Godefroy. Car il devait succéder à son père, lui-même chef d'un fief important dans le comté d'Autun. Hugues, bien qu'il n'eut que deux ans de plus que lui, n'était guère plus grand que Karl. Mais il devait travailler, se rendre utile dans la forteresse, alors que Karl restait oisif et rêvait de le suivre dans les écuries, où il astiquait les chevaux, ou bien jusqu'au puits où il devait ramener de l'eau. Il accompagna également le jeune page chez le maréchal-ferrant, au village, et découvrit comment celui-ci fabriquait les fers-à-cheval : Il façonnait un fer à la dimension de chaque sabot. Pour cela, il perçait des trous pour les clous à section carrée, avec une sorte de poinçon enfoncé au marteau dans le fer rouge. Une fois que le fer était formé à plat, il frappait, à quatre ou cinq points de la périphérie du fer, afin de former des petits rebords. Puis il rabattait une petite portion de métal pour les enserrer autour du sabot du cheval. Les clous, plantés en travers, étaient sertis sur les côtés du sabot.

Karl fut émerveillé par tout ce qu'il découvrait avec cet ami.

- Comme je vous envie de pouvoir sortir à l'extérieur de la forteresse ! Déclara-t-il à Hugues, lorsqu'il le vit partir pour les villages alentours.

- Pourtant, ma place n'est pas enviable, je vous l'assure. Très souvent, je dois effectuer des tâches qui pourraient être accomplies par des serviteurs. J'ai parfois l'impression d'être considéré comme un larbin. Mais je n'ose rien dire, car votre beau-père, le baron, ne me ménage pas.

- Ah bon ! Pourquoi donc ?

20

- Parce qu'il pense que pour devenir un bon chef, il faut déjà savoir obéir.

Karl ouvrit des yeux ronds. Il n'avait jamais entendu de tels propos.

- Est-il sévère avec vous ?

- "Sévère" n'est pas le mot exact. Il est impitoyable, aussi bien avec moi qu'avec tous ceux qui sont à son service. Puis il prit peur.

- Mais jurez-moi que vous n'en savez rien, car il pourrait me renvoyer.

- Oui, je vous le jure, car nous sommes amis.

Cependant, le jeune garçon ne put se retenir d'en parler, à mots couverts, à sa mère.

- Mais non, mon chéri, s'exclama Isadora, il ne faut pas croire tout ce que vous entendrez ici. Tous les serviteurs se plaignent de leur maître ! Mais celui-ci doit bien se faire respecter. Comprenez-vous ?

- Oui, Mère, répondit-il, afin de ne pas la contrarier.

La nouvelle baronne de Lanicey accorda peu d'importance à ce sujet. Elle se sentait si heureuse depuis son arrivée ici ! Tout le monde la considérait comme une Dame de très haute lignée. Et personne ne s'avisait de la contredire. N'était-elle pas l'épouse du seigneur ?

Le sire se montrait fier de posséder une aussi jolie Dame, mais il le fut encore davantage lorsqu'elle lui annonça, par un jour ensoleillé d'automne :

- Mon cher époux, je crois bien que vous serez père au printemps prochain.

Très pudique, elle ne put se retenir de rougir en le lui avouant.

- Serait-ce possible, ma tendre amie ? Mais nous ne sommes mariés que depuis trois mois.

- C'est vrai. Mais Dieu a béni notre union puisque celle-ci a porté ses fruits.

- Parbleu, oui ! Je n'ai jamais eu commerce avec une Dame aussi ardente que vous. Et me voilà bien récompensé.

- Et moi qui croyais que je ne pouvais plus enfanter, imaginez ma joie !

- Pourquoi dîtes-vous cela ?

- Parce que feu mon époux ne m'a donné qu'un enfant. Et je pensais être devenue infertile.

Godefroy restait encore incrédule.

- Mais êtes-vous certaine que vous êtes grosse ? Je vais faire venir une matrone afin qu'elle confirme votre état.

- Oui, j'en serai enchantée.

Il ne s'adressa pas à la vieille matrone qui avait examiné autrefois Mahaut., mais à une femme d'un village voisin, réputée pour ses compétences.

Le sire la fit chercher par son chauffeur et donna ordre à ce dernier de la faire pénétrer par l'arrière de la forteresse. Il tenait à ce que cette visite restât secrète, afin d'éviter des ragots inutiles parmi ses servantes. La matrone questionna Isadora, lui palpa les seins ainsi que le ventre qu'elle trouva dur, puis l'examina intimement.

Godefroy, qui attendait derrière la porte de la chambre, se sentait impatient. Puis la femme en sortit, satisfaite.

- Félicitations, Sire ! Votre épouse attend bien un enfant, mais compte tenu de son âge avancé, elle devra beaucoup se reposer. Donnez-lui à boire un peu de vin rouge chaque jour, faites-lui manger des coings, gober des œufs. Tout cela la fortifiera. Et n'oubliez pas qu'il lui est interdit de se promener à cheval.

- N'ayez aucune crainte, assura-t-il, tout joyeux. Je la surveillerai de près.

- Oui, c'est une bénédiction du ciel que d'être parent, surtout à cet âge !

- J'en suis bien conscient.

Après son départ, il enfonça presque la porte de la chambre conjugale et embrassa vivement son épouse.

- Chère Isadora, grâce à vous, je me sens rajeuni de vingt ans. Mon fils aîné n'existe plus pour moi puisqu'il m'a quitté sans mot dire, et je suis bien aisé de ne plus le revoir.

La jeune femme en fut émue jusqu'au fond d'elle-même.

- Ah ! Si seulement je pouvais vous offrir un fils capable de vous succéder dans cette forteresse ! Ce serait ma plus grande joie. Karl, dans quelques années, sera en mesure de commander la forteresse de Willeim, actuellement confiée à mon frère.

Godefroy fut enchanté par cette déclaration d'amour. D'autre part, il fut très fier de sa virilité car il pouvait encore engendrer à quarante deux ans. Cependant il tint à garder le secret quant à cette future naissance durant les premiers mois de grossesse.

Deuxième Partie : Guillaume de Lanicey

Comme il l'avait promis au comte de Poix, le baron chargea son meilleur cavalier de se rendre auprès des seigneurs qui résidaient dans son canton. Celui-ci eut pour mission de les informer du décès de leur empereur, et de les inviter à se réunir dans la forteresse de Lanicey afin de chercher à soutenir le duc Philippe de Souabe, le second fils de Frédéric Barberousse.

De son côté, Godefroy envoya un pli à son gendre, le duc de Sacht, dans lequel il écrivit :

"Cher ami,

Comme vous avez dû l'apprendre, notre souverain Henri Vi est décédé le 28 Septembre, laissant le trône vacant, car son fils Fréderic II est trop jeune pour régner. Avant de partir guerroyer en Sicile, il avait nommé son frère Philippe régent de notre royaume. Or les princes de Brunswick espèrent faire couronner un des leurs, Otton IV.

Il me semble important de soutenir Philippe de Souabe face à son rival. J'organise donc une réunion à Lanicey le 10 Octobre, rassemblant mes voisins de forteresse.

J'ai le plaisir de vous y convier, sachant que vous partagez mon opinion. Dans l'attente de vous revoir bientôt parmi nous,

Bien amicalement.

Godefroy de Lanicey".

Le 10 Octobre 1197, Godefroy reçut en son cabinet de travail, en haut du donjon, le marquis d'Attrans, avec lequel il s'était réconcilié après le départ de Quentin, le comte de la Fouchardière et le vicomte de Palindrey, deux seigneurs voisins de sa forteresse. Le duc de Sacht avait répondu à l'appel de son beau-père et ami. Ils ne furent pas nombreux, car les autres seigneurs conviés avaient préféré s'abstenir. Sans doute préféraient-ils soutenir le rival de Philippe de Souabe, Otton de Brunswick ?

- Mes amis, commença-t-il, nous formons un très petit comité, mais nous soutiendrons Philippe de Souabe car feu notre empereur l'avait désigné comme régent avant de partir conquérir la Sicile. Il est donc légitime de respecter sa volonté.

- Bien évidemment, acquiescèrent les autres seigneurs.

Godefroy précisa.

- Et ceci d'autant plus que Otton de Brunswick est un descendant du trône d'Angleterre, de par sa mère qui est la fille d'Henri II Plantagenêt, et de par son oncle Richard-Cœur-De-Lion.

- Il appartient cependant à la famille des Welf, objecta le comte de la Fouchardière, une des plus grandes familles de Germanie.

- Oui, mais son père, Henri-Le-Lion, avait été privé de ses duchés par Frédéric Barberousse, et de ce fait, Othon a dû s'exiler en Angleterre. Et savez-vous pourquoi Othon IV se porte candidat à la tête de l'Empire ? Parce que son oncle, Richard-Cœur-De-Lion a besoin d'un souverain allemand qui soit son allié contre Philippe Auguste, le roi des francs.

- Effectivement, poursuivit le duc de Sacht, de ce fait il n'est pas digne de devenir notre futur souverain.

- Cela va se concrétiser par une guerre civile, assura le marquis d'Attrans en soupirant, et pour combien de temps ? Nul ne le sait.

- Que pouvons-nous faire alors ? S'enquit le vicomte de Palindrey.

- Nous pouvons soutenir Philippe en lui fournissant des soldats que nous aurons convertis à sa cause, répondit Godefroy. Et ne craignons pas de faire de la propagande autour de nous pour soulever aussi notre peuple.

- Je lui enverrai mes deux fils afin qu'ils combattent à ses côtés, déclara le marquis d'Attrans.

- Voilà une excellente décision, mon ami.

Le vicomte de Palindrey ajouta :

- Et moi je vais sermonner tous les habitants de nos villages afin de les encourager à se battre contre Othon IV.

- Parlez-en également à tous vos parents et amis. Plus nous serons nombreux, et plus nous serons certains de vaincre cet usurpateur.

A la fin de cette réunion, Godefroy agita une grosse cloche afin de réclamer un serviteur. Quand celui-ci apparut, il fit maintes courbettes devant ces seigneurs, puis attendit les ordres.

- Va donc nous chercher le meilleur vin de notre beau comté, et sers-nous copieusement.

- Bien maître !

L'atmosphère devint plus détendue entre eux, surtout lorsqu'ils eurent avalé un vin rouge gouleyant et odorant. Chacun parla un peu de sa vie privée. Le marquis d'Attrans avait fini par dénicher un bon prétendant pour sa dernière fille, Béatrix, et tout le monde le félicita. Le comte Antoine de la Fouchardière raconta ses nombreux exploits amoureux, bien qu'il fût marié. Le seigneur de Lanicey ne dévoila pas la grossesse de son épouse, mais chacun put remarquer qu'il était d'humeur fort joyeuse, et que son caractère s'était assoupli.

Le duc de Sacht manifesta le désir de rencontrer sa cousine. Il espérait la trouver heureuse. Il pénétra dans la pièce principale du château, où elle se tenait assise en compagnie de sa servante attitrée, Gerlinde. Cette dernière se retira pour les laisser en tête-à-tête. Il s'assit à ses côtés.

- Bonjour, ma chère Isadora ! Comment allez-vous ?

- Bonjour, mon cher cousin. Comme vous pouvez le constater, vous me voyez comblée.

- Oui-da. J'en suis enchanté, car je m'aperçois que vous

êtes rayonnante de beauté et de santé. Cela m'aurait beaucoup chagriné de vous savoir mal mariée. Mais je connais bien mon ami : il semble un peu rude d'apparence, mais c'est un homme sur lequel on peut se reposer en toute confiance.

Elle se pencha vers lui pour lui confier.

- Godefroy est un excellent époux, et je ne pourrai jamais assez le glorifier.

- A la bonne heure ! S'exclama-t-il, tout joyeux. Mais cela ne m'étonne pas non plus. Je connais sa galanterie. Et votre fils s'est-il bien adapté ici ?

- Oh oui. Karl s'est lié d'amitié avec un jeune page issu d'une très noble famille. Ils effectuent parfois des promenades à cheval ensemble. Karl adore les chevaux et il l'accompagne souvent dans les écuries.

- Tant mieux ! Un bon cavalier est toujours apprécié à la tête d'une forteresse.

- J'espère que vous allez passer la nuit ici car vous habitez fort loin.

- Oui, ne vous inquiétez pas. Il est prévu que je vous quitte seulement demain Je vais aller féliciter mon ami pour les bonnes nouvelles dont vous m'avez instruit.

Après avoir quitté sa cousine, Othon rejoignit Godefroy qui était retourné dans son cabinet de travail. Il lui rapporta les confidences d'Isadora, et ils rirent beaucoup tous les deux. Le baron se montra néanmoins extrêmement flatté par les louanges de son épouse. Une bonne épouse devait toujours admirer et honorer son conjoint.

- Ah ! Ma chère Isadora ! Elle me convient parfaitement, d'autant plus je sais qu'elle me sera fidèle à jamais.

- Comment pouvez-vous en être sûr ? Vous disiez la même chose concernant feu votre épouse Mahaut.

Le sire bondit de son siège, et frappa un grand coup sur sa table.

- Othon, je vous interdis, entendez-vous, je vous interdis de faire allusion à cette chienne, surtout devant votre cousine qui ignore tout de cela. Sinon je me verrai dans l'obligation de rompre notre amitié !

- Non, calmez-vous. Jamais je ne mettrai notre amitié en péril.

Puis le duc questionna son ami au sujet de son fils.

- Je ne souhaite pas paraître indiscret, mais avez-vous reçu une quelconque nouvelle de Quentin ?

- Pas le moins du monde, et j'en suis très satisfait, car ma colère contre lui ne s'est point apaisée. Quel fils ingrat et indigne de me succéder plus tard !

- Comment cela ? Ne pensez-vous pas qu'il vous succédera ? Car il finira bien par vous revenir un jour…

- Le plus tard sera le mieux, rugit de nouveau Godefroy, car je ne lui ai toujours pas pardonné ses affronts.

- Non ! S'écria Othon. Vous lui feriez grand outrage.

Le baron sentit la fureur l'envahir.

- Et moi, n'ai-je donc pas été outragé, et pire que cela, détesté, par ce fils que j'avais éduqué selon les valeurs morales de notre société ? Il est allé jusqu'à me livrer bataille, à moi, qui lui ai donné vie. Heureusement que j'ai été de taille à me défendre. Mais puis-je encore accepter un fils qui a osé lever la main sur son père ?

Le voyant rouge de colère, Othon n'osa plus le contredire.

- Alors qu'allez-vous faire ?

- Je n'en sais rien encore. A présent, si vous le voulez bien, changeons de sujet. Comment se porte mon petit-fils ?

- Nous avons trouvé une excellente nourrice et il profite bien, ce petit gaillard.

- Voilà qui me plaît beaucoup. Maintenant, retournez auprès de votre cousine, car je dois m'absenter pour mon travail. Et il le congédia derechef.

Après six mois d'incessantes luttes entre les deux grandes familles rivales - celle des Hohenstaufen et celle des Brunswick - en Mars 1198, les princes du parti des

Hohenstaufen élirent Philippe de Souabe roi de Germanie. Pourtant Philippe, au départ, s'étant destiné à la prêtrise, devint archevêque en 1190. Puis il abandonna la religion par la suite. Second fils de Frédéric Barberousse et frère de Henri VI, il avait épousé en 1197 la fille de l'empereur de Byzance. Ils n'eurent aucun fils vivant, mais quatre filles. Parvenu au trône, il déplut au pape Innocent III dont l'influence était prépondérante en Germanie. Celui-ci soutenait son rival Otton IV de Brunswick. De ce fait, ce roi ne fut donc jamais sacré empereur.

En juin 1198, le parti de Othon IV, conduit par l'archevêque de Cologne, élut roi Othon de Brunswick. Celui-ci fut couronné à Aix-la-Chapelle. Il s'ensuivit une guerre civile entre les deux partis qui déchira l'empire durant de nombreuses années, car deux rois avaient été élus.

***

Peu de temps avant ces faits, au château de Lanicey, se produisit un grand évènement : la baronne devait accoucher. Lorsque Godefroy décida de révéler cet état à sa famille ainsi qu'à ses amis, au quatrième mois de grossesse, tout le monde fut éberlué. Si le baron fut glorifié et félicité pour sa virilité, il n'en alla pas de même pour Isadora qui fut jugée trop âgée pour enfanter.

Seul, le curé de la forteresse fut enchanté par cette nouvelle, car l'Eglise considérait que le premier devoir d'une femme mariée était de donner des enfants à son époux. Noble Dame, lui dit-il, Dieu vous a fait un immense cadeau. Et l'Eglise sera heureuse de l'accueillir comme il se doit.

Evidemment, il était essentiel qu'elle accouchât d'un garçon, garant de l'héritage familial. Une fille ne devenait importante que si, de par mariage, elle apportait une dot suffisante, pour ne pas dire indispensable, à son futur époux.

Lidwine fut choquée, estimant que la naissance d'un enfant chez un couple âgé était indécente. Et la perspective d'avoir un demi-frère ou une demi-sœur lui déplut fortement. Isadora ferma ses oreilles durant plusieurs mois lorsqu'on chuchotait sur son passage, et garda les yeux baissés quand elle se promenait dans le jardin ou se rendait au village, accompagnée par sa fidèle servante, Gerlinde. Cette dernière était devenue une confidente et une amie qu'elle appréciait beaucoup : elle prévenait tous ses caprices, n'osait jamais la contredire, et écoutait ses babillages sans paraître lassée.

La vicomtesse Edwige de Palindrey se lia d'amitié avec Isadora, et lui rendit souvent visite La jeune femme amenait ses travaux de broderie à Lanicey et toutes deux bavardaient en tirant l'aiguille. Elle lui apportait également des gâteaux confectionnés par sa cuisinière, et l'encourageait à assouvir toutes ses envies de gourmandises Edwige avait trente ans et pouvait comprendre Isadora car elle n'avait que deux filles. Elle avait perdu trois autres enfants en bas âge, emportés par une mauvaise fièvre, dont deux garçons, et elle rêvait secrètement de donner encore naissance à un fils afin de préserver l'héritage de leur domaine.

Isadora essaya de la réconforter.

- Il faut surtout que vous gardiez confiance, car vous pouvez encore engendrer.

- Ah ! Chère amie, si seulement vous pouviez dire vrai ! Autour de moi je n'entends que de méchantes langues qui répandent le bruit que je suis devenue inféconde.

- Il ne faut pas les écouter et vous efforcer de plaire à votre époux. Vous êtes encore jolie et très douce. Ce sont là deux atouts importants pour un homme. D'autre part, je vous conseille de prier et de faire des offrandes à la Vierge, ainsi qu'à Sainte Marguerite.

- Vous êtes vraiment charmante et je vous remercie de m'encourager. Tenez, prenez encore un gâteau.

Un jour, Isadora lui demanda si elle connaissait une

personne susceptible d'être embauchée en tant que nourrice auprès de son enfant.

- Je vais me renseigner à ce sujet et je me ferai un plaisir de vous dénicher une jeune femme jouissant d'une bonne santé ainsi que d'une bonne éducation.

- Je vous fais confiance.

Une semaine plus tard, la vicomtesse de Palindrey arriva auprès de son amie en lui déclarant qu'elle connaissait une jeune femme qui serait enchantée d'entrer à son service.

- Alors, dîtes-moi tout ! Répondit Isadora. De qui s'agit-il ?

- Cette jeune femme a déjà bien souffert mais elle est digne de confiance. Elle se nomme Clémence de Jaffrerot. Elle a vingt cinq ans et se trouve seule pour élever son enfant, une fillette née il y a quatre mois.

- Ah ? Que lui est-il donc arrivé ?

- Elle a été malheureusement séduite par un homme marié et celui-ci ne lui a révélé la vérité que lorsqu'elle s'est trouvée grosse.

- Est-ce vrai ? Ne lui a-t-il pas avoué cela uniquement dans le but de se débarrasser d'elle ?

- Bien des hommes sont capables d'une telle infamie ! Clémence n'en sait pas davantage que nous, puisque ce gentilhomme - s'il en fût réellement un - a disparu sans laisser d'adresse. Vous rendez-vous compte ?

Isadora conclut qu'effectivement, cette jeune femme n'avait pas de chance.

- Comment fait-elle pour élever son bébé actuellement ?

- C'est bien là que le bât blesse, car elle a perdu sa mère lorsqu'elle était âgée de dix ans. Quant à son père, celui-ci ne possède aucune fortune, car il l'a dilapidée en entretenant des maîtresses. C'est d'ailleurs la raison pour laquelle il n'a pas réussi à marier sa fille: celle-ci n'avait pas de dot.

Isadora réfléchit un instant puis ajouta.

- Néanmoins, cette personne est fautive de s'être laissée séduire sans être mariée. Vous savez bien que c'est défendu par l'Eglise. Et pourquoi n'est-elle pas entrée en religion? Car certains monastères peuvent accueillir les femmes qui ont fauté.

- Elle n'a pas accepté d'abandonner son enfant, et je trouve cela fort louable.

- C'est juste ! Beaucoup de femmes, dans cette situation, préfèrent le déposer dans une église, en vue de son placement dans un orphelinat. Aussi vous pouvez me la présenter.

Ce fut ainsi que Clémence de Jaffrerot fut embauchée. Godefroy, qui la jugea jolie, ne s'y opposa point. De taille élancée et mince, bien qu'elle eût accouché, elle ne manquait pas de charme. Brune aux yeux bleus, son visage était gracieux et avenant. Son teint diaphane signait ses origines nobles. Son front, épilé à la racine des cheveux, prouvait sa coquetterie.

En Avril 1198, lorsque les premiers symptômes de l'accouchement de la baronne se déclarèrent, Godefroy envoya son chauffeur dans le village où résidait la matrone, avec pour consigne de la ramener immédiatement dans la forteresse.

Isadora fut installée dans une salle tendue de voilages tout autour de la pièce, comme le voulait la coutume. Edwige et Clémence, Gerlinde, les épouses des amis du sire, lui tinrent compagnie car l'accouchement devait se dérouler en présence de femmes. Aucun homme ne devait être présent dans une demeure où accouchait une femme, et le baron dut même attendre dehors, ainsi que tous les serviteurs.

Isadora fut plongée dans un bain de mauve et de camomille afin de la détendre. Gerlinde lui prépara du bouillon Puis elle dut s'accroupir sur son lit, soutenue par des femmes. Elle portait à la cuisse droite un bracelet en corail pour lui porter chance. La matrone renifla son haleine et la jugea bonne, ce qui signifiait pour elle que l'accouchement serait normal.

La baronne se montra courageuse bien qu'elle souffrît beaucoup car l'accouchement fut long, le bébé semblant assez gros. Après plusieurs heures, elle commença à s'épuiser. La matrone lui fit boire des potions qui devaient la calmer et appuya fortement sur son ventre. Puis elle saisit une grande pince pour extraire l'enfant. Isadora se mit alors à hurler, le bébé sortit enfin, sa tête enserrée dans la pince. Il se mit aussitôt à crier vigoureusement.

C'est un garçon ! S'écria la matrone enfin soulagée. Comment l'appellerez-vous ?

Elle put juste balbutier que c'était au parrain et à la marraine de choisir son prénom.

Edwige, la marraine du bébé, lui répondit qu'en accord avec le duc de Sacht, son parrain, ils avaient décidé de le prénommer Guillaume. Les hommes qui portaient ce prénom s'étaient toujours révélés courageux et puissants.

Toutes les femmes présentes félicitèrent la baronne qui gisait, épuisée, sur sa couche. Gerlinde alluma un feu de bois dans la cheminée afin qu'elle ne prît pas froid. Puis elle épongea avec tendresse le front de sa maîtresse tout en lui parlant doucement.

- Tout va bien, à présent. Vous avez un magnifique garçon. Vous n'avez qu'à vous reposer, je veillerai sur vous jour et nuit.

Le bébé fut lavé avec du vin, puis frotté avec du sel, puis enveloppé dans du lin de la tête aux pieds afin de le maintenir droit. La matrone l'ondoya avec de l'huile tout en récitant des prières pour qu'il fût accueilli auprès de Dieu en cas de décès. Cela correspondait au baptême, mais ne le remplaçait pas. Quand l'enfant fut couché dans son panier d'osier et installé dans la chambre de la nourrice, Godefroy s'empressa de venir l'admirer. Il eut le sentiment de rajeunir de vingt années, lorsque Quentin et Lidwine vinrent au monde. Il fut tout aussi heureux et fier qu'à cette époque lointaine.

34

Trois semaines plus tard, le duc de Sacht et Lidwine se déplacèrent pour féliciter Isadora. Celle-ci, après une longue période de fatigue, commençait à récupérer. Au bras de Lidwine, elle effectua des promenades dans le jardin.

Lidwine ne put se retenir de la questionner;

- Est-ce que mon père se montre agréable et aimant avec vous ?

- Tout-à-fait ! Répondit Isadora, très surprise. Pourquoi me posez-vous cette question?

- Pour rien, ou plutôt pour vérifier que vous êtes heureuse. Mais rassurez-vous, je l'avais remarqué dès que je vous ai aperçue. Cela fait plaisir à voir.

Cependant Lidwine ne pouvait s'empêcher de songer à sa malheureuse mère qui fut martyrisée par le baron. Elle ne souhaitait absolument pas que sa belle-mère subît un jour le même sort.

- Connaissant bien mon père, je n'ai qu'une recommandation à vous faire : n'accordez jamais d'intérêt à un autre homme que lui, car il est très jaloux !

- Ne craignez rien, chère Lidwine, je ne suis pas une femme qui recherche particulièrement la compagnie d'un autre homme que celle de son époux. Mais excusez-moi de vous questionner à mon tour: ne souhaitez-vous pas la naissance d'un second enfant dans votre foyer ?

- Oh si ! C'est notre plus cher désir, et à vous je peux le confier. Peut-être suis-je grosse actuellement, mais ce n'est pas confirmé. Alors, s'il vous plaît, n'ébruitez pas ce que je viens de vous dire, pas même à mon père.

- Je vous jure que je resterai muette comme une tombe. Mais pourvu que ce soit vrai ! J'en serais très heureuse.

A l'occasion du baptême de Guillaume, le sire de Lanicey décida d'organiser une grande fête en sa forteresse. Il invita tous ses voisins et seigneurs amis, accompagnés de leurs épouses. Elle eut lieu le 15 Mai 1198, par une agréable journée de printemps.

Isadora, bien qu'elle fût encore fatiguée, donna des ordres à ses servantes et cuisinières en vue de préparer un mémorable banquet. Edwige et Lidwin y participèrent activement. Godefroy, de son côté, se chargea d'embaucher des musiciens et des troubadours, nécessaires pour divertir les invités entre chaque plat.

La baronne fit venir une couturière afin qu'elle confectionnât des vêtements d'apparat pour Edwige et ses amies, ainsi que pour Clémence. Cette dernière nourrissait sa propre fille, ainsi que le petit Guillaume, et son lait dut se révéler excellent car le bébé profita vite au bout d'un mois. Il dormait peu et ouvrait souvent ses yeux, ce qui ravit son père.

Pour cette fête, des tréteaux supportant de grandes planches de bois furent dressés dans la cour de la forteresse. De nombreux bouquets de fleurs et des corbeilles de fruits y furent déposés. Le soleil ne se montra pas avare.

Enfin, les invités arrivèrent. Les Dames, richement vêtues de soie brodée, arboraient leurs plus beaux bijoux qui étincelaient au soleil. Quant aux gentilshommes, ils portaient des costumes légers et tout le monde put admirer leurs sabres revêtus de leurs armoiries.

A la droite de Godefroy furent placés son épouse, puis les seigneurs les plus élevés dans l'échelle sociale. Les couples mangeaient dans la même assiette, avec leurs doigts, bien qu'il existât déjà des cuillères et des couteaux. Au son du cor, le repas commença. Il fut composé essentiellement de légumes accompagnés de gibier fraîchement chassé (lièvres, sangliers et chevreuils cuits à la broche ou transformés en savoureux pâtés).

D'excellents vins égayèrent l'assemblée et l'atmosphère devint très détendue. Les Dames durent dégrafer légèrement leurs vêtements, ce qui excita particulièrement leurs conjoints ou amis.

Face aux convives s'agitèrent des acrobates dont

l'élasticité fut telle que l'on eût pu croire qu'ils ne possédaient pas d'articulations. Ils paraissaient infatigables et leurs pirouettes amusèrent beaucoup les enfants. Il y eut également des jongleurs, des cracheurs de feux. Ces derniers procurèrent de fortes émotions chez les nobles Dames. Des ménestrels récitèrent des poèmes déclamés aux sons d'une lyre. Ceux-ci exprimaient essentiellement un amour pur et courtois et les jolies Damoiselles purent rêver…

" *Ma mie mon cœur frissonne*
" *A l'idée qu'il s'adonne*
" *A vous la vie durant*
" *Et toujours tendrement …*"

Ils restèrent attablés jusqu'à l'arrivée du crépuscule. L'air devenant plus frais, Godefroy leur proposa de rentrer dans l'immense salle de garde du château qui pouvait bien contenir cinquante personnes. Cette salle représentait la pièce principale du château. Les meubles avaient été retirés, et seules des armes, ainsi que des tapisseries, ornaient les hauts murs.

Godefroy se rapprocha d'Isadora, d'Edwige et Clémence dont il avait remarqué la beauté. La jeune femme fit la connaissance d'un vicomte qui se montra charmant avec elle, tout en restant courtois. Aussi demanda-t-elle à Edwige qui était ce beau gentilhomme.
- Il s'agit du vicomte Philippe de Noirval.
- Est-il célibataire?
- Il me semble que oui, mais je ne saurais vous le jurer. Vous plaît-il à ce point ?
En rougissant, Clémence avoua son penchant pour lui.
- Dans ce cas, vous serez amenée à le revoir car il revient de Germanie où il était parti guerroyer là-bas.
- Où habite-t-il?
- Il s'avère qu'il réside dans le même comté que le duc de Sacht.

Clémence en fut ravie et s'arrangea pour s'asseoir dans les parages du vicomte afin de prendre un rafraîchissement. Il faisait très chaud, bien que la porte fût restée ouverte. Philippe l'observa, fut conquis par sa grâce et l'invita pour effectuer ensemble une promenade dans le parc du château-fort.

Il faisait presque nuit et les torches allumées les éclairaient de façon insuffisante. Aussi le vicomte offrit son bras à Clémence afin qu'elle ne chutât pas. Celle-ci se prit à rêver : allait-il, par la suite, lui demander sa main ? Elle l'espérait en secret.

- Puis-je vous demander, jolie dame, où je pourrais vous revoir ?

- Ce ne sera pas difficile, Seigneur, car je réside en ce château.

- Fort bien! Et puis-je connaître votre nom?

- Avec plaisir. Je me nomme Clémence de Jaffrerot.

- Etes-vous parente avec la baronne de Lanicey ?

Un peu confuse, elle répondit qu'elle était son amie. Ce n'était pas réellement un mensonge, car Isadora l'appréciait beaucoup.

- Je dois malheureusement vous quitter, mais j'espère bien vous revoir. Je vous remercie pour votre charmante compagnie.

- Ce fut un plaisir pour moi, Seigneur.

Puis Philippe prit congé de Clémence après lui avoir fait sa plus belle révérence.

Troisième Partie : Le retour de Quentin

Trois ans plus tard, en 1201, le pape Innocent III désigna Otton IV de Brunswick roi de Germanie. Philippe de Souabe avait quatre filles et proposa à Othon d'épouser sa fille aînée, bien qu'elle n'eût que cinq ans, mais celui-ci refusa. Malgré l'élection de Otton IV, la guerre civile ne cessa pas : Philippe de Souabe poursuivit la lutte afin de reprendre le pouvoir à son rival.

Quentin de Lanicey, âgé de vingt trois ans, avait combattu aux côtés d'Othon de Brunswick, depuis 1198. Lorsque ce dernier parvint à détrôner Philippe de Souabe, Quentin jugea qu'il avait suffisamment guerroyé pour tenter de noyer son chagrin d'amour. Aliénor restait encore vivante en son cœur, mais il avait accepté son décès.

Cependant, au terme de ces trois années, le caractère du jeune homme s'était modifié : il avait acquis de l'assurance et ne craignait plus de s'affirmer. Sans le vouloir, il ressemblait de plus en plus à son père, à savoir qu'il était devenu jaloux, rancunier, sans scrupule, et prêt à se venger. Mais il ne possédait pas le tempérament colérique du sire.

Par une claire journée d'été, il galopa jusqu'à la forteresse de Lanicey. Les gardes le reconnurent et le laissèrent franchir les deux ponts-levis qui accédaient à son entrée principale.

Ulric, devenu surveillant de la forteresse, s'empressa de prévenir le baron du retour inopiné de son fils.

- Que me contes-tu là ? Es-tu certain que Quentin est revenu ?

- Seigneur, je l'ai reconnu de mes propres yeux. Il se trouve actuellement dans la salle de garde où tous les serviteurs manifestent leur joie de le revoir parmi nous.

- Diantre ! Pourquoi est-il revenu si tôt ?

- Je l'ignore, maître. Je tenais simplement à vous avertir.

- Merci. A présent tu peux te retirer.

Godefroy lâcha sa plume, car il était en train de tracer un plan, et se mit à réfléchir. Une profonde rancœur se manifesta en lui. Quentin s'était montré trop ingrat envers lui et trop insoumis. Il lui était impossible d'oublier ces outrages. Aussi décida-t-il de l'accueillir froidement.

Lorsque Quentin frappa à la porte de son cabinet de travail, il grogna.

- Entrez donc !

Son fils était devenu un fort bel homme, très musclé et de haute stature. Son visage trahissait cependant une certaine arrogance, car il n'ignorait ni sa force ni sa beauté. Le sire ressentit de la jalousie car il ne possédait plus cette audace de la jeunesse qui pouvait se permettre toutes les folies. Cependant, il avait toujours vénéré ses ancêtres, contrairement à Quentin. Il lui indiqua de la main une chaise et déclara.

- Je ne vous souhaite pas la bienvenue, et vous devez savoir pourquoi.

- A vrai dire, non, Père, je l'ignore.

- Comment ? Rugit le sire. Avez-vous perdu la mémoire en combattant aux côtés de Othon de Brunswick ?

Quentin fit un effort pour se repentir.

- Oui, je me souviens que je n'ai pas suivi le chemin que vous aviez tracé pour moi.

- Est-ce tout ? Dois-je vous rappeler que vous vous êtes enfui d'ici, il y a trois ans, en enlevant la femme que j'aimais ?

Le jeune homme se cabra à son tour.

- Le viol est-il de l'amour ?

- Que savez-vous à ce sujet ? Etiez-vous présent à ce

moment-là pour m'accuser de viol ? Je vous interdis, entendez-vous, de me parler sur ce ton. A présent, dîtes-moi pourquoi vous êtes revenu ici.

- Je suis venu pour vous seconder, étant lassé de guerroyer. Cela ne vous convient-il pas ?

- Soit, je l'accepte, mais à deux conditions : la première est que vous n'usurpiez pas mon rôle de chef en cette forteresse. Est-ce clair ?

- Je n'en ai pas l'intention. Mais j'espère que vous tiendrez compte de mes opinions.

Le sire se radoucit un peu et poursuivit.

- Il est une seconde chose que je vous ordonne d'accepter si vous souhaitez rester parmi nous.

Quentin sentit la colère l'envahir mais réussit à se maîtriser. Qu'allait-il encore exiger ?

- Je vous écoute, père, fit-il en soupirant.

- Je souhaite que vous preniez une épouse car il est grand temps de vous ranger.

Le jeune homme n'y vit pas d'inconvénient puisque sa chère Aliénor n'était plus de ce monde. Son cœur était demeuré libre, car il n'avait fréquenté que des prostituées durant ces trois années.

- Puis-je savoir qui vous m'avez choisi cette fois ?

- Vous ne la connaissez pas : il s'agit de la nièce du comte de La Fouchardière. Cette jeune fille, âgée de quinze ans, est orpheline, et son oncle l'a placée dans un couvent afin de parfaire son éducation. Mais elle n'entrera pas en religion. La plupart des jeunes filles nobles apprennent à lire, écrire, chanter, ou tisser le lin dans ces établissements religieux.

Mais Quentin n'écoutait pas ces explications, car une seule chose l'intéressait.

- Est-elle jolie au moins ?

- D'après le comte, elle est joie et intelligente. En outre, elle est fortunée, étant fille unique, et sa dot sera conséquente.

Quentin se contenta de réclamer le portrait de cette jeune fille avant de donner son accord.

- Soit ! Je vais le réclamer à mon ami Hugues de la Fouchardière. Mais je n'attendrai pas votre assentiment, car vous me devez toujours obéissance. Vous pouvez vous retirer dans votre ancien appartement.

Quentin s'inclina devant son père puis s'éloigna. Il s'était montré docile avec lui, mais au fond de lui-même, il le détestait toujours. Le sire retrouva sa bonne humeur, car il avait réussi à lui imposer ses volontés. Agé de quarante cinq ans, il avait non seulement osé se remarier avec une Alsacienne, mais il lui avait donné un demi-frère âgé de trois ans qu'il préférait ostensiblement. C'était d'une inconvenance ! Quentin souffrait de constater avec quelle facilité le baron avait remplacé sa mère, décédée par sa faute, dans d'ignobles conditions. D'autre part, cette Isadora se sentait forte ici et commandait les domestiques d'une voix ferme, alors que sa mère s'était montrée si douce avec eux. Enfin, bien qu'elle fût restée jolie, même à trente cinq ans, il la trouvait moins séduisante que sa mère, avant sa descente aux enfers... Qu'est-ce que son père pouvait trouver à cette femme pour la combler continuellement de cadeaux ? Quand à Karl, son fils, celui-ci se conduisait déjà en petit seigneur sûr de lui, et paraissait déjà imbu de sa personne du haut de ses treize ans.

Tout ceci rongeait le cœur de Quentin. Lorsqu'il croisait sa belle-mère dans les escaliers ou lorsqu'ils prenaient leurs repas à la même table, il faisait semblant de l'ignorer. Puis un jour, alors qu'ils se trouvaient tous deux à l'entrée de la forteresse, et qu'il feignait de ne pas la voir, elle se révolta.

- Sire, vous pourriez au moins me saluer, comme la bienséance l'exige.
Mais le jeune baron lui rétorqua derechef :
- Sachez, Madame, que vous demeurez pour moi une étrangère. Vous n'êtes point ma mère, ni une amie, et je ne

vois pas pourquoi je devrais vous témoigner de la considération.

- Tout simplement parce que je suis l'épouse du maître de ces lieux.

Quentin se mit à ricaner.

- Ah ! Vous ne devriez pas vous vanter autant, Madame, car si vous saviez ce qui vous attend ici…

- Comment cela ? Que voulez-vous dire ? Répondit-elle, vivement touchée par ces paroles qui la sidéraient.

Le jeune homme comprit qu'elle ignorait l'horrible sort qu'avait subi feu sa mère. Un instant il éprouva l'envie très forte de lui révéler toutes les atrocités dont le sire était capable d'inventer pour se venger. Mais il n'osa pas, craignant d'être renvoyé par lui si ce dernier l'apprenait. Il se contenta de répliquer :

- Vous le découvrirez bien par vous-même…Sur ce, je vous prie de ne plus m'importuner.

Puis il s'éloigna en direction des écuries.

Isadora rentra chez elle, songeuse. Sa colère était tombée. A quoi faisait-il allusion ? Elle ne pouvait pas imaginer Godefroy en train de se venger. Et de qui ?

Comme convenu, Godefroy demanda au comte de La Fouchardière de lui faire parvenir un portrait de sa nièce, en vue de ses épousailles avec Quentin. Puis il convoqua son fils dans son cabinet, en haut du donjon. Il tendit le portrait de Herminie de la Fouchardière, finement dessiné par un artiste de talent. La jeune fille était si jolie qu'il en resta bouche bée !

- Merci Père ! Si ce portrait est réellement fidèle à son image, je serai heureux de l'épouser.

Il contempla longuement ce fin visage aux traits doux, au regard candide, entouré d'une très longue chevelure dorée. Evidemment, la beauté d'Herminie n'égalait pas celle d'Aliénor, mais son regard s'arrêta sur cette bouche qu'il avait envie de baiser.

- A la bonne heure ! S'exclama le baron qui se frottait les mains. Celui-ci songeait que cette jeune femme pourrait éventuellement calmer la fougue de sa jeunesse, et peut-être le rendre plus docile.

- Ah ! Si vous saviez comme il me tarde de la rencontrer ! Quand donc ce mariage sera-t-il célébré?

- Je pense que si tout le monde est d'accord, il pourra avoir lieu dans un mois. Je vais de ce pas annoncer cette bonne nouvelle à mon ami.

Les serviteurs s'activèrent pour la préparation de ce mariage qui leur faisait tant plaisir, car certains avaient connu Quentin lorsqu'il était enfant. La vieille Hildegarde - ou Hilda - se mit à pleurer de joie.

Un soir, à la nuit tombée, elle se glissa jusqu'au petit tas de terre qui représentait la tombe de Mahaut, et elle lui raconta sa joie tout en versant des larmes. Puis elle pria avec ferveur pour le repos de son âme.

Le jeune baron, de son côté, lança des invitations à certains de ses anciens compagnons d'armes qu'il avait connus à Dijon. Son ami Roland de Chessac avait réussi à épouser la séduisante et riche Aglaé de La Rocherie et celle-ci lui avait donné un fils. Il les invita, ainsi qu'un officier plus âgé que lui, qui lui avait enseigné l'art du tir à l'arc. Il s'agissait du comte Thibaut de Menard, dont les charmes plaisaient à tant de Dames qu'il n'avait jamais pu se résoudre à en choisir une, afin de ne pas perdre les autres. Il était donc resté libre de toute attache.

Voici ce que Quentin lui écrivit :

"Mon cher maître et ami,
"J'ai le grand bonheur de vous annoncer mon mariage qui sera célébré en la chapelle de notre forteresse le 10 Septembre prochain, et je compte bien que vous me

ferez l'honneur d'y assister. Mon père s'est remarié avec une Dame dont la vertu serait irréprochable...Mais j'aimerais m'en assurer. C'est pourquoi, si vous pouvez venir, je vous invite à la séduire en toute discrétion. Je vous entends déjà rire. Mais je sais que vos attraits sont irrésistibles...Et ce serait un excellent test pour ma belle-mère, pour laquelle, je dois vous l'avouer, j'éprouve un ressentiment certain.

Dans l'attente de vous recevoir bientôt, veuillez croire en mon amitié et à tous mes meilleurs souvenirs.
"Quentin de Lanicey".

Le jour des épousailles approcha, et les habitants du château se trouvèrent en pleine effervescence. Isadora fit revenir la couturière afin de lui commander de nouvelles étoffes satinées et brillantes pour elle-même et ses amies. Clémence espérait revoir le beau vicomte de Noirval qui figurait sur la liste des invités, et souhaitait, secrètement, le séduire. Quant à Quentin, il brûlait d'apercevoir enfin sa future épouse dont il ne ferait la connaissance que le jour de son mariage.

Enfin, cette journée tant attendue arriva. Le soleil, encore chaud, illuminait les paysages qui commençaient à se teinter de roux aux alentours de la forteresse.

Herminie se présenta, toute intimidée, vêtue d'une robe de satin rose pâle très serrée à la taille, ce qui accentuait sa minceur. Son front, très dégagé, était enserré dans un long voile de dentelle blanche qui descendait jusqu'à sa taille. Sa servante lui avait injecté du citron dans ses yeux bleus afin qu'ils fussent plus brillants. Sur son voile était posée une couronne de fleurs. Etant très sensible, cette cérémonie l'émut beaucoup. Lorsqu'elle aperçut Quentin, superbe dans une longue tunique de lin noir, ses cheveux flottant sur ses épaules carrées, elle en tomba aussitôt éperdument amoureuse. Son visage s'illumina par un joli sourire et ses joues rosirent de joie.

Godefroy avait fini par accepter qu'une petite cérémonie religieuse fût célébrée dans la chapelle, bien trop petite pour contenir tout le monde. Seuls les parents et la famille des mariés purent y assister. Le curé bénit les deux anneaux, puis les jeunes époux prononcèrent leurs serments.

Les habitants des villages attenants à la forteresse avaient été invités à partager ce bonheur. Ils furent très nombreux à y assister, car ils aimaient Quentin.

Une immense tablée fut installée dehors, sur des tréteaux, derrière celles des seigneurs. A cette table, Clémence eut la chance de se trouver placée en face du vicomte de Noirval. Durant un bon moment, elle n'osa pas lever les yeux sur lui, afin de cacher son trouble. Puis lorsque leurs regards se croisèrent, elle lui sourit. Mais Clémence était assise à côté de sa fille, et le vicomte la questionna.

- Dîtes-moi, Clémence, qui est donc cette mignonne fillette assise à vos côtés ?

La jeune femme ne répondit pas tout de suite, car elle était embarrassée. Devait-elle lui dire la vérité ? Dans ce cas, elle craignait de ne plus l'intéresser. Mais elle préféra l'honnêteté. Les yeux baissés, elle répondit.

- Il s'agit de ma fille, Seigneur.

Celui-ci parut fortement surpris.

- J'ignorais, Madame, que vous fussiez mariée. Je vous prie de m'excuser.

Alors elle mentit à peine.

- Son père m'a quittée à sa naissance, et je dois l'élever seule.

- De la part d'un gentilhomme, je trouve ce comportement inadmissible ! Et c'est interdit par L'Eglise.

Elle soupira.

- Il n'en a eu que faire !

Clémence pensa que son honneur demeurait sauf et espéra de nouveau retenir l'attention du beau vicomte. Mais il se tourna vers sa voisine de gauche, une superbe Damoiselle qu'elle ne connaissait pas et qui portait une tenue quelque peu provocante, laissant deviner la naissance de ses seins. Celle-ci s'adressa à lui.

- N'êtes-vous pas un voisin de notre forteresse, située dans le comté de Nevers ? Il me semble que je vous ai déjà aperçu ?

- Si fait, ma Dame. .A qui ai-je l'honneur ?

- Je suis Adélaïde, fille du comte de Framonville.

- Alors vous me voyez enchanté de faire votre connaissance. Nos parents sont, effectivement, voisins.

Clémence ressentit un pincement au cœur: elle ne se sentait pas de taille à rivaliser avec cette jeune femme si sûre d'elle, et resplendissante de jeunesse. Elle aurait tout donné pour retrouver la fraîcheur de ses seize ans.

Derrière la tablée des aristocrates était dressée celle des paysans endimanchés. Le repas fut très copieux et tous les invités partagèrent la joie des jeunes mariés.

Godefroy se montra ravi et ce, d'autant plus que sa fille Lidwine lui avait annoncé qu'elle attendait un second enfant pour la fin de l'année.

Le repas terminé, tout le monde rentra, à l'exception des villageois, dans la grande salle de garde du château où des danseurs, ainsi que des acrobates, les divertirent. La baronne de Lanicey resplendissait dans une longue robe pourpre qui mettait en valeur ses formes avantageuses. Coiffée et maquillée avec soin par sa fidèle Gerlinde, elle ne passa pas inaperçue. Puis son époux la quitta, car il fut demandé à l'extérieur de la forteresse pour une question d'organisation de la fête qui devait durer encore toute la nuit.

Quentin fit un clin d'œil au comte de Menard afin de l'inviter à s'approcher d'Isadora. Celle-ci bavardait avec Edwige de Palindrey.

- Cette jeune mariée est vraiment ravissante, ne trouvez-vous pas, chère amie ? Disait Edwige.

- Tout-à-fait ! Mais elle possède la jeunesse que nous avons, hélas, perdue…

- Oui, le temps est assassin.

Elles restèrent toutes les deux à la contempler, et les souvenirs de leurs quinze ans affluèrent peu à peu dans leurs mémoires...

A ce moment-là, Thibaut effectua sa plus belle révérence devant la baronne et lui demanda.

- Me permettez-vous, noble Dame, de vous tenir compagnie ? Je souhaiterais faire votre connaissance car vous m'apparaissez comme la plus jolie Dame de cette assemblée.

- Avec plaisir, sire. Vous pouvez vous joindre à nous.

- Je pense que nous serions mieux seuls, afin de pouvoir discuter à notre aise.

- Mais de quoi désirez-vous m'entretenir ?

- Je souhaiterais connaître votre opinion sur les évènements qui perturbent notre pays actuellement.

- Excusez-moi, mais je m'intéresse peu à la politique.

Cependant, elle accepta. Tenant sa longue robe d'une main, elle suivit le comte qui l'entraîna loin de ses amis, parmi la foule des invités. Thibaut planta avec insistance ses yeux charmeurs dans ceux d'Isadora et celle-ci se sentit un peu étourdie.

- Vous prendrez bien une coupe de vin pour vous rafraîchir. Il fait si chaud !

- Volontiers, répondit-elle en souriant.

Il appela une servante,

- Pouvez-vous dit-il, servir cette Dame qui est très assoiffée, ainsi que moi-même Et subrepticement, pendant que la baronne tournait la tête pour chercher ses amis, il versa une petite quantité de poudre dans sa coupe. Et, leva la sienne.

- Alors, je vous offre cette coupe, car vous êtes la reine de toutes les dames ici présentes.

- Oh ! Je crois que vous me flattez beaucoup ! Puis-je connaître votre nom ? Car je ne vous ai jamais rencontré dans notre comté.

48

- En effet, je suis un ami du duc de Bourgogne : le comte Thibaut de Menard, pour vous servir.

Un beau sourire erra sur les lèvres de la baronne. Elle n'était plus habituée à être courtisée. Les amis de Godefroy se montraient très respectueux avec elle. Ce seigneur-là, ne la connaissant pas, pouvait se permettre d'être un peu galant. Mais au bout d'un instant, elle se sentit légèrement grisée, comme si elle avait avalé trois coupes au lieu d'une seule. Elle eut l'impression qu'elle allait tomber, car la tête lui tournait. Thibaut l'attira vers lui et lui tint ces propos :

- Vous me plaisez tant, belle Dame ! J'aimerais beaucoup effectuer une promenade avec vous dans le jardin. Le soleil commence à décliner et cette soirée est propice au romantisme, ne trouvez-vous pas ?

Isadora leva un regard surpris vers lui.

- N'êtes-vous donc pas à votre aise ici ?

- Si fait ! Mais ce serait plus intime…

Tout-à-coup, le charme fut rompu. Isadora ne souhaitait pas connaître davantage d'intimité avec ce seigneur, bien qu'il fût très beau et courtois. Et puis surtout, elle ne voulait pas se conduire comme une femme de mœurs légères.

-Je vous remercie infiniment, monsieur le comte, mais je me sens lasse, et je préfère me reposer ici.

Il prit un air tellement déçu qu'elle faillit accepter. Mais non ! Elle avait choisi de demeurer digne.

- J'en suis fort peiné. Mais ce n'est pas grave. Dans ce cas, puis-je vous tenir compagnie sur ce sofa? Peut-être désirez-vous vous rafraîchir de nouveau ?

- Non merci. Je souhaite simplement me reposer.

Isadora s'affala sur un canapé. Alors, le comte s'assit tout contre elle et déposa un baiser délicat dans son cou. Elle frissonna, puis se leva brusquement, n'ayant point apprécié cette privauté.

- Sachez, Sire, que vous m'avez manqué de respect et je vous prie de me quitter.

Ce fut à cet instant précis que Godefroy réapparut dans la salle et qu'il chercha son épouse du regard. Il la trouva facilement, sa robe pourpre étant très visible de loin. Quelle ne fut pas sa stupeur de découvrir un gentilhomme assis à ses côtés !

La baronne partit à la rencontre de son époux.

- Ah ! Vous voilà enfin de retour, lui déclara-t-elle avec soulagement. J'en suis bien aise, car ce seigneur m'importunait après m'avoir invitée à boire.

Rouge de colère, Godefroy se dirigea vers le comte de Menard et lui dit d'un ton sans réplique :

- Sire, qui que vous soyez, je vous ordonne de vous retirer. Apprenez que personne, ici, n'a le droit d'incommoder mon épouse. Je suis le maître de ces lieux.

- Fort bien, monsieur le baron, j'en prends note, mais j'en informerai mon ami, le duc de Bourgogne.

- A votre guise ! Répliqua-t-il, je n'en suis point intimidé, car il s'avère que notre suzerain est également un ami pour moi. Veuillez sortir d'ici !

Alors, Thibaut s'éloigna de fort méchante humeur. Mais avant de quitter la forteresse, il retrouva son ami Quentin. Celui-ci s'excusa auprès de sa jeune épouse, et ils partirent tous deux dans une pièce voisine, où seuls quelques vieillards somnolaient sur des fauteuils. Le comte lui narra sa mésaventure.

- Pourtant, expliqua-t-il, tout se présentait bien au départ. Votre belle-mère paraissait enchantée d'être courtisée.

- Alors, que s'est-il donc passé ?

- J'ai pensé qu'elle accepterait un léger baiser de ma part. Mais au contraire, elle s'en est offusquée.

Quentin sentit la déception le gagner.

- Ainsi, votre tentative de séduction a échoué ! Comment cela est-il possible, alors que, d'ordinaire, toutes les nobles Dames se pâment devant vous ?

- J'en suis le premier surpris, croyez-moi, et également humilié.

Quentin s'empressa de le rassurer.

- Ne vous inquiétez pas: vous serez vengé. Je vous remercie sincèrement de vous être prêté à ce petit jeu. A présent, je vous prie de m'excuser, mais je dois retourner auprès de ma jeune épouse. Elle connaît peu de monde ici et mon devoir est de me trouver à ses côtés.

- Bien évidemment. Mais tenez-moi néanmoins au courant de cette histoire.

- Je n'y manquerai pas. Au revoir, cher ami.

Le comte s'éclipsa enfin.

Le curé avait béni la couche des jeunes mariés afin que leur union fût féconde. Quentin dévêtit Herminie avec hâte et l'honora sans retenue, bien qu'elle fût vierge et qu'elle se montrât effrayée.

***

Le jeune homme laissa s'écouler quelques jours avant d'aller tambouriner à la porte du cabinet de travail de son père. En prenant de l'âge, il lui ressemblait de plus en plus, sans toutefois posséder son tempérament explosif.

Godefroy, étonné, fronça les sourcils en le voyant.

- Mon fils, je ne vous ai point demandé. Avez-vous une bonne raison pour venir me déranger ?

- Oui, Père, je possède un motif important et je souhaite que vous m'écoutiez.

Le sire soupira.

- Alors, dépêchez-vous !

- Voilà : le jour de mes noces, lorsque vous avez quitté la salle de garde où nous étions rassemblés, j'ai surpris votre épouse en flagrant délit de galanterie avec le comte de Menard.

- Mais non, voyons, rectifia le sire, puisqu'elle m'a déclaré qu'il l'importunait.

- C'est la version qu'elle vous a donné, mais la vérité fut toute autre…

Godefroy fronça ses épais sourcils en forme d'accent circonflexe, et questionna.

- Qu'entendez-vous par là ? Qu'avez-vous remarqué ?

- Eh bien, j'ai vu, de mes propres yeux, qu'ils s'embrassaient tous deux, et que votre épouse en paraissait enchantée.

Le sire resta un moment stupéfait puis se mit à réfléchir. Quel était l'intérêt de son fils pour venir lui exposer de tels faits ? Qu'attendait-il de lui, sinon un acte de vengeance ? Eh bien, il ne marcherait pas dans sa combine.

- Je discuterai de tout cela avec Isadora. Mais, quoi qu'il en soit, je vous conseille de vous mêler de vos affaires, et non des miennes. Maintenant, vous pouvez aller.

Cependant, il n'en parla point à son épouse. Bien qu'il ne fût plus très épris d'elle, il l'appréciait, car, en tant que marquise, elle avait acquis une éducation propre à commander tous les serviteurs et les gens subalternes. Elle savait se faire respecter de tous. Enfin, il n'était plus aussi jaloux qu'autrefois, le temps ayant accompli son œuvre d'apaisement en prenant de l'âge.

*** *

En Novembre 1201, exactement cinq ans après la naissance de Conrad, Lidwine donna naissance à une mignonne petite fille qui fut prénommée Lizbeth. Le duc de Sacht organisa une grande fête au château de Vauzelle pour le baptême de sa fille.

Lidwine avait connu l'immense douleur de perdre un garçon qui était né avant terme, en octobre 1198. Le duc de Sacht en fut très affecté lui aussi, puis il se consola en constatant la robustesse de son fils, Conrad, appelé à lui succéder plus tard.

Godefroy se rendit là-bas avec sa famille, y compris Guillaume et Clémence, chargée de la surveillance de l'enfant. Quentin retrouva sa sœur avec joie, car elle-seule partageait le lourd secret relatif au décès de leur mère, et cela les rapprochait.

- Quel dommage que notre mère fût absente pour mon accouchement ! Déclara Lidwine. Elle eût été si heureuse de m'assister !

- Pour sûr, approuva Quentin. Elle me manque à moi aussi. Et dire que je dois supporter la présence de cette alsacienne qui se prend pour une reine.

- La détestez-vous à ce point ? S'offusqua la jeune femme. Oubliez-vous qu'Isadora est mon amie depuis longtemps ?

- Non, et c'est bien cela qui m'exaspère. Je ne la supporte pas.

- Taisez-vous, cher frère ! Je ne pensais pas que vous fussiez jaloux.

Heureusement, le jeune homme pouvait chérir Herminie dont la grâce ne laissait personne indifférent. Celle-ci, ayant été instruite chez des religieuses, lisait aussi bien le français que le latin. Elle conservait encore le physique un peu inachevé d'une adolescente ce qui accentuait sa fragilité apparente. Godefroy l'admirait en silence et la considérait presque comme sa fille. Quant à Isadora, elle fut enchantée de revoir son cousin, le duc de Sacht, et le félicita chaleureusement, car la petite Lizbeth promettait d'être très jolie.

- C'est normal, répondit le duc très flatté. Elle ressemble déjà à ma chère épouse.

Par contre, Conrad, n'attacha pas beaucoup d'importance à ce bébé qui pleurait souvent. Son père lui avait fabriqué un petit arc et l'enfant s'exerçait avec joie dans le jardin en visant des arbres.

Le banquet se déroula à l'intérieur de la forteresse, car l'hiver avait déposé une épaisse couche de neige sur le paysage assoupi. Othon avait engagé une troupe de danseurs qui évoluèrent gracieusement autour de la table, ainsi que des magiciens qui enchantèrent Conrad et Guillaume. Cette fête fut une réussite en tous points de vue, et chacun en conserva un souvenir heureux, à l'exception de Clémence. Celle-ci comptait rencontrer le séduisant vicomte de Noirval, puisqu'il était ami avec Othon de Sacht. Mais il ne figurait pas parmi les invités. Il était pourtant devenu un ami pour le duc, son château étant situé dans le même comté que celui-ci. Discrètement, elle attira Lidwine vers elle, et après l'avoir félicitée d'avoir donné naissance à un aussi joli bébé, la questionna.

- Puis-je me permettre de vous demander des nouvelles du vicomte de Noirval, car je m'aperçois qu'il n'est pas présent ici ?

- Ah ! Auriez-vous, chère Clémence, succombé à son charme ? Philippe plaît beaucoup aux Dames.

- Oh non ! Se défendit la jeune femme, tout en rougissant.

- Eh bien, je dois vous apprendre qu'il s'est récemment fiancé avec la jeune héritière d'un château voisin du sien.

Clémence ne put s'empêcher de pâlir. Elle eut quand même le courage de poursuivre.

- Et de qui s'agit-il ?

Son cœur battait très fort sous le choc de l'émotion.

- Je ne sais pas si vous la connaissez, continua Lidwine. Adélaïde de Framonville est une riche héritière dont les terres de ses parents sont proches de celles du père de Philippe. Dans ce cas-là, les deux familles s'entendent souvent pour organiser un mariage.

Elle en était sûre ! Elle se souvenait de la très belle Damoiselle qui avait rencontré le vicomte lors des épousailles de Quentin. Afin de dissimuler sa déception, Clémence choisit de fuir.

- Je vous prie de m'excuser, chère amie, mais je dois surveiller Guillaume. Je crois qu'il a dû quitter la pièce où nous nous trouvons.

Quatrième Partie : Jours sombres

La guerre civile ravageait toujours la Germanie, car Philippe de Souabe espérait encore récupérer le pouvoir, après la victoire de son rival Othon de Brunswick, en 1201.

Après l'échec de la troisième Croisade à laquelle avaient participé Godefroy de Lanicey et le duc de Sacht, le pape Célestin III lança un appel afin d'organiser une quatrième Croisade en Terre Sainte. Mais celui-ci fut ignoré par les seigneurs européens: les germaniques luttaient contre le pape, d'autre part l'Angleterre et la France se trouvaient en guerre. Godefroy incita Quentin à y participer.

- Notre royaume a besoin de jeunes guerriers tels que vous, c'est-à-dire, experts dans le maniement des armes et possédant une force physique indéniable.

- Peut-être, Père, répondit Quentin, mais si je viens de prendre femme ce n'est pas pour l'abandonner comme vous le fîtes avec ma mère.

- Mordiable ! Je vous interdis de me juger.

- Je n'en pense pas moins. Et vous ne pourrez pas m'obliger à partir là-bas, car je ne me laisse plus guider comme autrefois.

Le sire lança un regard furieux à Quentin, mais celui-ci n'abaissa pas ses yeux. Alors il se contenta de lui répliquer.

- Mon fils, vous n'êtes qu'un poltron, un lâche ! Je pense qu'il vaut mieux mourir avec honneur que de vivre sans gloire.

Quentin haussa les épaules et ils en restèrent là.

En quittant la forteresse de Lanicey en direction de la Suisse, on pouvait admirer le paysage composé d'immenses forêts de résineux, ainsi que de hauts rochers. Un chemin séparait d'un côté, une forêt, et de l'autre côté, une sorte de falaise constituée de pierres très usées par l'érosion du fleuve qui avait circulé au fond de la vallée depuis des millions d'années.

En hiver, les chemins restaient impraticables à cause de l'épaisse couche de neige qui engourdissait le paysage, et ceci durant plusieurs mois. De nombreux habitants des villages décédaient de froid ou de faim car ils pouvaient difficilement se chauffer et se ravitailler. Les enfants en bas âge, ainsi que les personnes âgées, furent, comme d'habitude, les plus touchés.

Autrefois, Mahaut leur faisait distribuer les restes de leur nourriture, ainsi que des couvertures. Mais la nouvelle baronne n'eut point cette idée. Et Godefroy, de son côté, ne s'inquiéta pas de leur sort, estimant qu'il avait d'autres soucis plus importants en tête, à savoir l'avenir politique de la Germanie.

Au château, les serviteurs purent allumer des cheminées, car le sire ne manquait pas de bois. D'autre part, il disposait d'importantes réserves de grains, de fruits et de gibier, procurées par les récoltes des paysans et par la chasse. Godefroy aimait chasser, comme tous les seigneurs de la région. Il partait souvent, durant les belles saisons, en compagnie du marquis d'Attrans et du vicomte de Palindrey et ces parties de chasse renforçaient leur amitié.

Tout le monde fut soulagé par l'arrivée du printemps qui faisait disparaître la neige et permettait des déplacements à l'extérieur de la forteresse. Isadora adorait chevaucher dans les bois, accompagné de son fils aîné, Karl, âgé de quatorze ans. Ce dernier avait effectué de très nombreuses promenades à cheval avec son ami Hugues de Chassiniat, et était devenu un excellent cavalier. Mais Hugues, ayant terminé sa formation de page auprès de son beau-père, avait regagné le château de sa famille, en Lorraine. Désormais, Karl partait chevaucher avec sa mère.

Un jour, la baronne souhaita galoper en direction de la Suisse, car le paysage très escarpé lui plaisait beaucoup. Son fils la précédait d'environ trente mètres, heureux de se saouler d'air pur. C'était en fin de matinée et le soleil commençait à devenir chaud. Isadora prit le temps d'admirer la forêt qui s'étendait à sa droite. Les arbres étaient déjà pourvus de feuilles tendres et claires. Des pâquerettes, ainsi que des pissenlits, égayaient les bords du chemin. A sa gauche, elle longea une falaise assez haute, composée de gros rochers, recouverts d'arbustes. Son cheval, bien dressé, lui obéissait sans problème. Soudain, elle entendit un grondement sourd et fort qui dévalait de la falaise. Ce bruit insolite effraya tant son cheval que celui-ci, avec un hennissement, se cabra. L'animal avait évité une grosse pierre qui était tombée devant lui. Isadora poussa un grand cri car son cheval, en se cabrant, la fit chuter la tête en avant. Puis elle ne bougea plus. Karl, qui avait également entendu ce bruit, fit demi-tour et hurla en voyant sa mère inanimée par terre.

- Mère ! Etes-vous blessée ? Dit-il d'une voix angoissée. Répondez-moi, je vous prie.

N'obtenant pas de réponse, il se baissa jusqu'à elle, et remarqua une flaque de sang qui s'échappait de sa tête et inondait le sol. Mais elle gémissait faiblement et semblait respirer encore. A son tour, il poussa un immense cri d'effroi et enfourcha son cheval qu'il fouetta de toutes ses forces afin de le faire galoper plus vite. Enfin, il arriva à la forteresse et cria aux gardes.

- Laissez-moi vite entrer !

Ceux-ci obéirent immédiatement. Il voulut prévenir Godefroy, mais celui-ci s'était absenté. Alors il chercha Ulric, le surveillant, et le supplia de le suivre à cheval jusqu'au lieu de l'accident. Plusieurs hommes l'escortèrent puis attachèrent leurs chevaux, là où gisait la baronne.

- Notre maîtresse est morte ! S'écria celui qui l'avait approchée le premier. Elle ne respire plus.

- Non ! Hurla Karl. Ce n'est pas possible ! Elle respirait encore lorsque je l'ai quittée.

Il saisit le bras de sa mère: il était froid et commençait à se raidir. Sa chevelure blonde était inondée de sang et son visage tuméfié faisait peur à voir. Il était devenu très pâle. Alors Karl se mit à sangloter convulsivement. Un homme le souleva et le transporta sur son cheval, car le jeune garçon se sentait incapable de marcher. Il le ramena jusqu'à la forteresse en le tenant fermement serré contre lui.

Ulric partit à la recherche de son maître, sachant qu'il s'était rendu au village. Il le trouva chez un paysan qu'il fustigeait sévèrement, parce qu'il ne pouvait pas payer son impôt.

- Je te préviens, manant, que si tu ne peux pas payer ton dû, tu devras travailler davantage !

Le pauvre bougre paraissait terrifié.

Ulric s'approcha du sire :

- Maître, j'ai quelque chose de très important à vous annoncer. Veuillez me suivre, s'il vous plaît.

Tout en déclarant cela, le visage de l'homme sans âme resta impénétrable, et sa voix ne trembla pas.

- Ventre-Dieu ! Que se passe-t-il donc pour que tu viennes me déranger ? S'exclama le sire.

- Veuillez simplement me suivre et je vous expliquerai.

C'était la première fois qu'il se permettait de commander son seigneur. Ce dernier abandonna le paysan et le suivit au-dehors.

- Alors, maintenant, peux-tu me parler ?

- Oui, maître: votre épouse est décédée. Son cheval s'est cabré devant une énorme pierre qui s'est détachée de la falaise et elle est tombée sur la tête.

58

Ulric avait parlé calmement, comme s'il se fût agi de décrire le temps.

Godefroy resta sous le choc quelques instants, puis rugit.

- Crois-tu que ce fut un simple accident ?

- Je l'ignore tout-à-fait.

- Qu'en dit son fils Karl ?

- Nous ne pouvons pas l'interroger. Il s'est retiré dans sa chambre et ne veut voir personne.

Le sire enfourcha son cheval et galopa à bride abattue jusqu'au château-fort. Arrivé là, il écarta impérativement toute personne qui se trouvait sur son passage, et bondit vers la porte de leur chambre. Isadora était allongée sur sa couche, défigurée par sa chute. Cependant une lumière émanait d'elle...

Bien que sa peine fût réelle, il ne s'effondra pas. La colère l'emportait sur le chagrin, car, pour Godefroy, son épouse n'avait pas été victime d'un accident. Il pensa qu'une personne malveillante avait souhaité son décès, et que celle-ci avait lancé cette énorme pierre devant son cheval. Quelqu'un qui savait qu'elle allait se promener ce jour-là en longeant la falaise. Donc, pour lui, il s'agissait d'un homme proche, qui vivait à l'intérieur de la forteresse.

Edwige de Palindrey, Clémence et Gerlinde se relayèrent pour veiller le corps de leur amie et maîtresse, tout en récitant des prières et en versant des larmes amères. Ce soir-là, personne ne se présenta au repas.

Le lendemain, le curé célébra une messe pour le repos de son âme, puis la baronne fut enterrée sous la chapelle, là où les ancêtres du sire dormaient pour l'éternité.

Quentin n'assista pas aux funérailles, ulcéré parce que cette étrangère reposait parmi ses illustres ancêtres, alors que sa pauvre mère avait été enterrée dans un coin reculé du jardin, comme un chien.

Durant plusieurs jours, le sire ne se montra point. Il resta enfermé dans son cabinet de travail et insista pour que personne ne vînt le déranger. Il essaya de travailler d'arrache-pied afin de ne point penser, mais il ne put s'empêcher de réfléchir à ce drame qui le laissait veuf. Pour lui, il ne faisait aucun doute qu'un homme avait dû chercher à assassiner son épouse. Mais pourquoi ?

Il songea qu'Isadora s'était peut-être montrée trop dure envers un serviteur, et que celui-ci avait souhaité se venger... Il ne voyait pas d'autre explication.

Une semaine après ce terrible drame, il demanda à s'entretenir avec Ulric, son homme de confiance. Celui-ci, toujours fidèle, arriva d'un pas silencieux.

- Que puis-je faire pour vous servir, maître ?

- Assieds-toi. Voilà ce que j'attends de toi : tu vas enquêter parmi tous mes serviteurs, les questionner un à un, afin de connaître ce qu'ils faisaient au moment où feu mon épouse effectuait sa promenade à cheval. Et tu me signaleras ceux qui étaient absents d'ici à ce moment-là. C'est bien le diable si tu n'en trouves pas un !

Comme d'habitude, l'homme sans âme s'inclina devant Godefroy.

- Je ferai tout ce que vous désirez, vous le savez bien.

Sous ses épais sourcils devenus blancs, ses yeux noirs brillaient comme des braises. Il possédait à peu près le même âge que le sire, mais il paraissait plus âgé que lui. Il commençait à se voûter, et ses traits hideux paraissaient marqués par ses forfaits.

- Tu viendras me rendre compte de tes recherches lorsque tu auras trouvé le coupable, ajouta Godefroy. A présent, tu peux te retirer.

Ulric se mit au travail et questionna tout le monde, des simples valets de chambre aux cuisiniers, sans oublier les palefreniers. Deux d'entre eux se trouvaient en mission ce jour-là et avaient quitté la forteresse. Or, Ulric détestait l'un d'eux, car il semblait ne pas le craindre. Il s'agissait d'Eudebert Gorgeon, marié et père de six enfants. Et il le désigna comme éventuel coupable.

Deux jours plus tard, il alla trouver son maître pour lui rendre compte de ses recherches.

- Alors, mon brave Ulric, as-tu des soupçons contre quelqu'un ?

Le sire était nerveux, car il lui tardait d'éliminer cet individu.

- Oui, sire. Il s'avère que votre serviteur Eudebert Gorgeon se trouvait absent de la forteresse le jour du drame.

- Que faisait-il donc ?

- Vous lui aviez ordonné qu'il se rende à la foire aux bestiaux, à Ponthieux.

- C'est exact, confirma Godefroy, je m'en souviens à présent.

- Or, pour se rendre à Ponthieux, il faut emprunter le chemin qui surplombe la falaise, celle que feu votre épouse avait longée à cheval.

Les yeux du sire se rétrécirent comme ceux d'un félin qui aperçoit une proie et envisage de bondir sur elle.

- Mais oui ! Cela ne peut être que ce vilain ! Sais-tu que tu es un homme de génie ? Ah ! Que serais-je sans toi ? Alors, amène-moi ce malandrin au plus tard demain matin, et je saurai le faire avouer.

- Bien maître, votre ordre sera exécuté.

Puis Ulric s'esquiva sans le moindre état d'âme. Ne devait-il pas obéir à son seigneur ?

Le lendemain, Eudebert quitta le village où il résidait avec sa famille et se rendit à la forteresse. Mais les gardes ne le laissèrent pas entrer.

- Halte-là ! Nous avons reçu l'ordre de t'arrêter.

Eudebert tomba des nues.

- Mais pourquoi donc ?

- Ne pose pas de questions. Nous allons te conduire auprès du baron.

Ils l'empoignèrent et lui ligotèrent les bras derrière le dos.

Inquiet, Eudebert fut poussé jusqu'à une pièce secrète, dissimulée dans un souterrain du château-fort.

Celle-ci servait à intimider ou à questionner les malfaiteurs, encadrés par des gardes. Le pauvre serviteur n'ignorait pas l'existence de cette salle qui servait à torturer, parfois, les hommes refusant d'avouer leurs fautes. Il regarda les instruments de torture avec un indicible effroi : il y avait une cage en fer de dimension humaine, qui pouvait être suspendue dans l'air jusqu'à ce que des corbeaux eussent déchiqueté l'homme enfermé. Il aperçut aussi le collier en métal qui enserrait le cou avec des piquants, des garrots, ainsi que des fers qui, chauffés à l'extrême, pouvaient être appliqués sur différents endroits du corps. Jamais il n'aurait songé qu'il serait poussé dedans. Heureusement, il passa dans une autre salle, située à l'arrière de celle-ci, où l'attendait le sire, entouré lui aussi de gardes. Celui-ci se tenait assis derrière une table, et lui fit signe de s'asseoir en face de lui. Il vociféra.

- Eudebert Gorgeon, si tu ignores de quoi tu es accusé, je vais te l'apprendre. C'est toi qui as renversé une énorme pierre depuis la falaise de Quincey sur feu mon épouse le 17 avril 1202, et qui l'as tuée ! Et sais-tu ce que je fais des assassins ? Je les fais pendre haut et cours sur la place du village. Ta famille pourra y assister.

Eudebert tressaillit sous le choc, puis il se mit à trembler. Il répliqua néanmoins.

- Non, sire ! Jamais je n'aurais osé faire ça. Pourquoi aurais-je voulu tuer votre épouse ?

- Toi-seul le sais, et c'est ce que tu vas nous expliquer.

Le serviteur se leva brusquement et chercha à s'échapper. C'était intolérable pour lui. Mais ce fut peine perdue. Les gardes le retenaient fermement par les bras.

- Assieds-toi de nouveau, hurla le baron, et raconte-nous ce que tu as fait ce matin-là.

- Comme vous l'aviez commandé, je suis allé à la foire aux bestiaux de Ponthieux afin de ramener des moutons.

62

- As-tu emprunté le chemin qui surplombe la falaise de Quincey ?

- Evidemment, sire, car il n'existe pas d'autre chemin.

- Nous sommes bien d'accord. Quelle heure était-il ?

Eudebert, effrayé, se mit à bredouiller.

- Je ne me souviens plus très bien... Le soleil était déjà levé...

- Je le confirme. Savais-tu que la baronne allait se promener sous la falaise ce matin-là ?

- Bien sûr que non !

Le sire donna un énorme coup de poing sur la table.

- Tu mens ! Tu n'es qu'un vaurien ! Je te somme de dire la vérité, sinon, je te fais passer dans la pièce que tu viens de traverser.

Le serviteur se mit à trembler de nouveau. Ses genoux s'entrechoquèrent sans qu'il pût les retenir. Son visage se vida de son sang. Mais il trouva encore la force de s'innocenter.

- Je vous jure que non, sur la tête de mon dernier enfant !

- Tais-toi ! C'en est fini de toi !

Les gardes demandèrent.

- Devons-nous le soumettre à présent à la torture ?

Godefroy laissa tomber sa sentence.

- Pas maintenant. Laissons le mariner quelque temps dans une oubliette. Peut-être qu'il réfléchira.

Alors les gardes le saisirent et le traînèrent jusqu'à l'oubliette réservée aux assassins.

Ce fut ainsi qu'Eudebert fut enfermé dans le caveau où Mahaut avait été détenue si longtemps avant de rendre l'âme...

Le malheureux serviteur croupit durant trois jours dans ce caveau crasseux, noir et humide. On lui apporta un seul repas par jour, un bouillon infect dans lequel surnageaient quelques croûtons de pain sec. Il ne comprenait toujours pas pourquoi il avait été accusé, lui, et pas un autre. Pourtant il avait toujours bien servi son maître. Il ne pouvait cependant pas avouer un crime qu'il n'avait pas commis ! Il songea à sa femme et à ses six enfants qui devaient être plongés dans l'inquiétude. Qu'allaient-ils devenir si le sire décidait de le faire pendre ?

Adossé au mur froid du caveau, il réfléchissait et se sentait devenir fou peu à peu. Que devait-il faire ? Une fois, il osa demander à un garde si celui-ci pouvait l'aider à s'évader.

- Aie pitié de moi, toi qui es humble, comme moi ! Aide-moi à disparaître d'ici, car je suis innocent.

Mais celui-ci lui répondit d'un ton bourru.

- Es-tu devenu fou ? Tu devrais savoir que si je te laisse sortir, il te sera impossible de franchir le pont-levis sans être tué. Et moi-même, je me ferai pendre.

Au bout du troisième jour d'emprisonnement, deux gardes vinrent le chercher, après avoir enchaîné ses mains et ses pieds. Epuisé parce qu'il n'avait pas réussi à dormir dans son caveau, il pouvait à peine marcher. En avançant, il constata avec terreur qu'ils le conduisaient dans la salle des tortures. Ils le ligotèrent sur une table, toujours enchaîné, et, malgré ses cris et ses supplices pour qu'on l'épargnât, le bourreau, imperturbable, le dévêtit. Puis il lui appliqua une barre de métal chauffé à blanc sur la plantes des pieds. Eudebert hurla horriblement et dit :

- Pitié ! Ayez pitié de moi ! Arrêtez, je vous en supplie !

Un des gardes répliqua.

- Le bourreau ne s'arrêtera que si tu avoues ton crime.

- Mais je suis innocent ! Protesta-t-il encore.

Alors la barre de fer fut appliquée sur sa jambe gauche. Une odeur de chair brûlée se répandit dans la pièce.

- Non ! Hurla le serviteur de toutes ses forces. Arrêtez ! Je vais avouer.

- Fort bien ! Dans ce cas, nous allons chercher le sire afin qu'il recueille tes aveux.

Vingt minutes après, qui parurent des siècles pour Eudebert, le baron de Lanicey entra en tapant des talons avec ses bottes de cuir dur.

- Alors, sale canaille, vas-tu m'expliquer maintenant ton forfait ? Est-ce bien toi qui as lancé une énorme pierre du haut de la falaise de Quincey, lorsque tu as vu passer, en bas, le cheval de ta maîtresse ?

- O... Oui... Répondit-il faiblement.

- Et pourquoi as-tu voulu la tuer ? Tu la détestais, n'est-ce-pas ?

- O... Oui...

Sa voix était à peine audible, mais le sire s'en contenta.

- J'étais certain que je réussirais à te faire avouer. Et maintenant tu vas le payer ! Oui, je te ferai pendre demain soir, à l'entrée du village, avant la tombée de la nuit.

Et, sur ces terribles paroles, sans plus se soucier du malheureux, il détourna les talons.

- Ramenez-le dans l'oubliette en attendant, ordonna-t-il aux gardes.

- Bien, maître, dirent ceux-ci en s'inclinant.
Les gardes durent le porter jusqu'à son caveau, car il ne tenait plus sur ses jambes.

Le lendemain, une potence fut dressée dans le village. Godefroy avait ordonné à tous les habitants qui peuplaient ses terres d'assister à cette exécution. Eudebert, à moitié mort, arriva, traîné dans une charrette. Lorsque le bourreau attacha la corde à son cou, certains des pauvres spectateurs prièrent pour que la corde se cassât ou que l'échelle fût trop courte. Dans ces cas-là, cela signifiait que Dieu accordait sa miséricorde, et le condamné se trouvait gracié. Mais c'était très rare. Eudebert ne bénéficia pas de ce miracle. Quand la corde lui brisa la colonne vertébrale, le malheureux rendit l'âme devant sa famille éplorée. Le sire avait exigé que tous les habitants de la forteresse, ainsi que tous ceux qui dépendaient de ses terres, assistassent à cette exécution, afin que cela leur servît de leçon. D'autre part, cela renforçait son autorité sur eux.

Les habitants, effrayés, regagnèrent leurs humbles logis. Pour eux, Eudebert n'avait certainement pas commis ce crime, car c'était un homme sérieux et dévoué. Mais ils savaient qu'ils pouvaient être éliminés pour une broutille, comme ce malheureux serviteur.

Enfin soulagé après le décès d'Eudebert, Godefroy put tourner la page sur feu son épouse Isadora. Il l'avait aimée, certes, mais il pensa qu'il devait s'incliner face au destin, et il s'intéressa aux autres membres de sa famille. Son fils Guillaume trottait partout derrière lui, et comme c'était un enfant hardi et vif, il en conçut une grande fierté.

Le sire garda Clémence de Jaffrerot à son service, afin qu'elle continuât à élever Guillaume, car l'enfant s'était attaché à elle. Et parce qu'il ne comprenait pas pourquoi il ne voyait plus sa mère, Guillaume pleura et la chercha partout. Clémence s'efforça de le consoler et de le distraire. Heureusement, il s'entendait fort bien avec sa propre fille, Johanne, et ils partagèrent beaucoup de jeux ensemble.

La jeune femme espérait revoir le vicomte de Noirval qui lui avait tant plu à l'occasion du baptême de Guillaume. Elle en était tombée secrètement amoureuse. Le beau et noble cavalier revint à deux reprises à la forteresse de Lanicey, mais elle ne le vit pas : il partit s'enfermer dans le cabinet de travail du sire, afin de s'entretenir avec lui au sujet de la politique du pays. Il était accompagné du duc de Sacht, qui, lui, regrettait amèrement le décès de sa cousine. Clémence en conçut beaucoup de peine, mais elle sut rester digne et discrète. Elle ne possédait aucune fortune et songea amèrement qu'elle ne trouverait jamais d'époux, surtout en étant déjà mère.

Quant à Karl, devenu orphelin de père et de mère, il connut un profond désarroi. Il souhaita quitter la forteresse de Lanicey et en demanda l'autorisation à Godefroy.

- Sire, je dois vous avouer que ma vie parmi vous ne s'impose plus depuis le décès de ma mère. Et, pour cette raison, je souhaite vous quitter.

- Mais où irez-vous ?

- Je désire retourner à Willeim, dans notre forteresse actuellement commandée par mon oncle. Je me sens déjà apte à le seconder, grâce à votre enseignement.

- Il est vrai que je vous ai inculqué tous les rudiments nécessaires à ce genre de responsabilité. Mais vous devrez néanmoins poursuivre votre apprentissage, notamment militaire.

- N'ayez aucune crainte en ce qui me concerne. Mon oncle continuera à me former.

Le baron se leva et lui donna une accolade.

- Dans ce cas, c'est entendu. Vous pouvez retourner dans votre contrée.

- Merci infiniment, Sire. Je ne vous oublierai pas.

Il s'inclina avant de quitter la pièce, mais ensuite, il courut jusqu'à sa chambre afin de préparer son baluchon. Il se sentit réconforté à l'idée de pouvoir fuir cette maudite forteresse où l'on avait assassiné sa mère. Il lui semblait que sa douleur s'adoucirait.

Quentin, de son côté, préféra ignorer Guillaume, cet enfant dont il était jaloux et qui ressemblait trop physiquement à sa mère. Il coulait des jours heureux en compagnie de sa gentille épouse, Herminie. Et là, il en fut reconnaissant à son père.

Le décès d'Isadora ne le perturba aucunement, car il n'avait éprouvé que du dédain pour elle. Il fut même soulagé de ne plus la rencontrer sur son chemin. En outre, peu de temps avant cet accident, Herminie lui avait appris qu'elle était certainement grosse, car elle souffrait de fréquentes nausées et se sentait fatiguée. Quentin en fut enchanté, car il ressentait beaucoup de tendresse pour elle. Cet amour-là ne ressemblait pas du tout à celui qu'il avait éprouvé pour Aliénor, autrefois. Aliénor l'avait littéralement envoûté par sa divine beauté et il l'avait aimée avec passion, avec fougue. Malheureusement, celle-ci fut assassinée et l'on ne découvrit jamais qui avait été l'auteur de ce crime odieux... Aliénor restait toujours présente dans ses pensées, mais il aimait profondément sa jeune épouse. Herminie lui avait apporté un équilibre certain, et avait su calmer son tempérament rebelle. De plus, la jeune femme lui offrait sa gentillesse, sa grâce, ainsi qu'une admiration sans limite... Elle l'aimait énormément.

Godefroy se chargea de faire venir la matrone qui avait surveillé Isadora durant sa grossesse et effectué son accouchement. Bien qu'elle fût déjà âgée d'une cinquantaine d'années, elle s'était montrée très compétente et jouissait d'une excellente réputation.

Elle franchit de nouveau le pont-levis de la forteresse et se présenta à Godefroy. Elle fut contente de voir Guillaume qui la ravit par sa vivacité et sa beauté.

On la conduisit auprès d'Herminie qui l'attendait sagement dans sa chambre. La matrone la fit s'allonger, tâta ses seins ainsi que son ventre. D'après les déclarations de la jeune femme, cette grossesse avait débuté en début d'année et son terme fut fixé pour l'automne. Cependant, la vieille femme l'examina une nouvelle fois, la palpa avec attention, hocha la tête, puis déclara à Herminie :

- Je pense, très noble Dame, que vous avez dû faire erreur concernant la date de la conception. Car vous avez grossi plus qu'il ne faut pour vous trouver seulement au quatrième mois de votre grossesse. Je crois que vous êtes déjà dans votre sixième mois, ce qui explique votre importante fatigue.

La jeune femme en fut très étonnée.

- Oh non ! Cela n'est pas possible, madame.

La matrone réfléchit, puis hésita un instant avant d'annoncer.

- A moins que vous attendiez des jumeaux…

- Oh non ! Répéta Herminie, affolée. J'espère que vous vous trompez. Toutes les Dames de ma connaissance qui attendaient des enfants jumeaux ont perdu la vie !

- Je ne demande qu'à vous croire. En attendant, je vous conseille de garder le lit très souvent et surtout de ne rien porter. Mangez en petites quantités, mais souvent, et buvez du vin rouge de temps en temps. Vous devez bannir le sel de votre alimentation, et vous protéger du soleil.

- C'est entendu ! Je suivrai toutes ces consignes. Mais que dois-je faire pour éviter le mauvais sort qui me guette ? Je suis tellement anxieuse !

- Portez des amulettes. Cela peut vous protéger.

Lorsque Quentin vit la matrone quitter la chambre de son épouse, il remarqua son visage soucieux et la questionna.

- Alors, est-ce que tout est normal ?

- J'ose l'espérer, sire, mais je dois vous prévenir qu'il n'est pas impossible qu'elle attende des enfants jumeaux.

Quentin eut la même réaction que son épouse.

- Mon Dieu ! Pourvu que cette grossesse ne la condamne pas à une mort prématurée…

- Je prierai chaque jour pour elle dit la matrone. C'est tout ce que je pourrai faire dans ce cas. Et si je peux me permettre, je vous conseillerais d'en faire autant.

Quentin n'était pas particulièrement pieux, mais il lui promit de prier. La matrone fut reconduite en carriole, laissant le jeune homme en plein désarroi. Il savait qu'à présent il allait vivre dans l'angoisse, mais il résolut de la cacher lorsqu'il se trouvait en présence d'Herminie.

- Rassurez-vous, ma mie, lui disait-il lorsqu'il l'accompagnait dans ses promenades dans le jardin. Je prie

69

la Vierge chaque jour et j'ai demandé au curé qu'il vous confectionne un sachet-accoucheur de Sainte Marguerite. Ainsi, vous serez bien protégée.

Herminie levait sur lui un regard rempli d'amour et de confiance, ce qui aggravait son malaise.

L'été fut particulièrement chaud en 1202, et la jeune femme resta très souvent confinée derrière les murs très épais de la forteresse. Ceux-ci maintenaient une température très agréable. Clémence s'était liée d'amitié avec elle et lui tenait souvent compagnie lorsqu'elle n'était pas occupée à surveiller Guillaume et Johanne. Elles brodèrent toutes deux ou jouèrent au jeu de dames, ce qui permit à Herminie de supporter son angoisse latente.

Edwige de Jaffrerot se joignit parfois à elles. La vicomtesse avait été récompensée de ses prières et de ses offrandes à la Vierge, car, peu de temps après les fêtes de Noël, elle avait enfin donné naissance à un garçon: ainsi le domaine de Jaffrerot ne risquait plus d'être cédé au conjoint d'une de ses filles, lorsque celles-ci seraient en âge de convoler.

Pendant ce temps, Godefroy et Quentin s'adonnèrent à la chasse à courre, en compagnie des amis du sire, le vicomte de Palindrey, le marquis d'Attrans et le comte de la Fouchardière. Ils chassèrent dans les nombreuses forêts qui entouraient la forteresse de Lanicey. Ils poursuivirent les cerfs et les sangliers tout en galopant, et le soir, ils rentrèrent fort heureux. Seul, le curé désapprouvait la chasse, car elle éloignait les seigneurs des divins offices. Mais ceux-ci, au contraire, la considéraient comme un excellent entraînement pour la guerre.

Lorsque les récoltes de graines et de fruits furent terminées, Godefroy dut organiser, comme chaque année, une fête à laquelle furent conviés tous les paysans et les villageois qui dépendaient de sa forteresse. Une autre fête était prévue en octobre, à la fin des vendanges.

La présence d'Isadora lui manqua, car celle-ci avait su préparer cette fête durant plusieurs années. Elle s'était occupée de rechercher des animations pour les petits et les grands, des danseurs, des acrobates, des ménestrels et des bonimenteurs. Cette fête était si réussie que de nombreux seigneurs s'y rendaient. Les commerçants en profitaient pour vendre leurs étoffes ou toutes sortes d'objets susceptibles d'intéresser les badauds.

Herminie ne s'y présenta pas car elle était sur le point d'accoucher. Le mois d'août battait son plein. Quentin n'y fit qu'une brève apparition, car il était préoccupé par l'état de santé de sa jeune épouse.

Effectivement, quelques jours tard, elle poussa un cri en ressentant ses premières contractions.

Le sire fit aussitôt chercher la matrone qui avait examiné la jeune femme trois mois auparavant.

Celle-ci, s'attendant à un accouchement difficile, était secondée par une jeune matrone qu'elle initiait à cet art supérieur et compliqué.

Des servantes avaient déjà préparé le bain décontractant et la jeune femme, en se baignant, souffrit moins, et reprit confiance. Tous les hommes, y compris Quentin et son père, avaient été expédiés à l'extérieur de la forteresse. Les voisines, les servantes, les amies et les parentes de l'accouchée se précipitèrent pour l'entourer et la réconforter. C'était une affaire de femmes.

Mais la vieille matrone les bouscula.

- Aidez-moi à l'installer dans son lit, et soutenez-là en la tenant derrière les épaules.

Elle renifla son haleine: celle-ci était mauvaise, ce qui signifiait que l'accouchement serait long et difficile.

Herminie souffrait de plus en plus et sa respiration devint haletante. Pourtant elle portait le sachet-accoucheur de sainte Marguerite, ainsi qu'un bracelet de corail à la cuisse pour lui porter chance. Et elle priait entre deux contractions. Des femmes, autour d'elle, se mirent à prier également.

Mais au bout de plusieurs heures d'efforts épuisants et de souffrance très vive, la jeune femme se mit à crier.

- Je n'en peux plus ! Je suis épuisée. Délivrez-moi, je vous en supplie.

- Voyons, calmez-vous ! Répéta à plusieurs reprises la matrone, sinon je ne pourrai pas travailler correctement.

- Pourquoi est-ce si compliqué ? Je suis trop fatiguée...

- Parce que vous attendez des enfants jumeaux. A présent j'en suis certaine.

- Ah ! Ciel ! Je vais mourir ! Mais je ne veux pas mourir... Faites quelque chose pour me délivrer.

- Que voulez-vous que je fasse ? Vous n'ignorez pas que l'Eglise interdit d'effectuer une césarienne sur une femme vivante…

- Oui, je sais. Vous attendez que je sois morte pour la pratiquer... Mais je veux vivre ! Je veux vivre ! Vous entendez ?

Elle se sentait fiévreuse et tout son corps ruisselait de sueur. Ses cheveux étaient collés sur son visage. Elle pleurait beaucoup et se désespérait.

- J'ai soif. J'ai très soif !

- Nous n'avons pas le droit de vous donner à boire, répliqua la matrone, inflexible.

Elle contempla un instant cette pauvre jeune femme qu'elle condamnait à décéder avant de la délivrer. "Quel dommage ! songea-t-elle, c'est presque une enfant."
Alors elle saisit le forceps, c'est-à-dire une longue pince qu'elle enfila dans le corps de la jeune femme, et tira de toutes ses forces, mais en vain : son bassin était trop étroit.

Herminie se mit à hurler tellement fort qu'elle retomba ensuite dans son lit, inanimée. Puis elle respira avec difficulté, comme si l'air ne pouvait plus emplir ses poumons. Alors, dans un souffle, elle appela.

- Quentin !… Au secours !... Quen...

Puis ses traits se détendirent enfin, sa tête dodelina de gauche et de droite avant de s'immobiliser complètement : elle était morte.

Toutes les femmes se mirent à pleurer. Seule, la vieille matrone, habituée à voir décéder de nombreuses femmes en couches, parut imperturbable. A présent, il fallait qu'elle agît très vite, afin d'essayer de sauver la vie d'au moins un enfant. Elle saisit un couteau très effilé et ouvrit les entrailles de la jeune femme morte. Elle extirpa avec ses doigts un bébé assez gros, puis un second plus petit, mais les deux petits corps restèrent inertes…

- Je suis désolée, dit-elle. Dieu n'a pas souhaité qu'ils vivent. Il faut l'accepter.

Lorsque les hommes purent rentrer, Quentin se précipita jusqu'à la salle où devait accoucher son épouse, et la trouva sans vie. Son beau visage semblait perdu dans un invisible ailleurs…Alors il poussa un hurlement de révolte en brandissant son poing en direction du ciel.

- Seigneur Dieu, pourquoi me l'avez-vous reprise ? Désormais, je ne croirai plus en vous.

Puis il partit se réfugier dans sa chambre. Il versa d'abord des larmes amères, mais au fond de lui-même, une petite voix lui dit : "Après tout, c'est normal, j'ai bien provoqué la disparition de ma belle-mère".

Cinquième Partie : Clémence de Jaffrerot

Après le décès d'Herminie qui fut inhumée aux côtés d'Isadora, sous la chapelle de la forteresse, Quentin resta abattu durant un certain temps, puis il prit une décision importante.

Il se rendit jusqu'au cabinet de travail du sire. Ce dernier s'était plongé dans le travail, source d'oubli pour lui.

- Entrez ! Cria le baron lorsqu'il entendit frapper. Il n'appréciait toujours pas d'être dérangé. Mais lorsqu'il vit entrer son fils, il se radoucit.

- Que me vaut l'honneur de votre visite ?

Quentin ne répondit pas tout de suite. Il prit le temps d'examiner son père comme s'il ne devait plus le revoir. Le sire n'avait rien perdu de sa superbe, malgré les drames qui avaient frappé sa famille. Son visage, sillonné de quelques rides, trahissait à peine son âge, mais ne l'enlaidissaient pas. Ses yeux gris transperçaient toujours ceux qu'ils regardaient, comme s'ils voulaient déchiffrer leurs pensées.

- Père, je suis venu vous annoncer mon intention de retourner me battre aux côtés de notre roi Othon IV.

- Qu'avez-vous besoin de guerroyer avec lui ? Vous n'ignorez pas ma préférence pour Philippe de Souabe. Et j'espère bien qu'un jour il parviendra à supplanter Othon

- Pourquoi donc ? Les guerres ne servent qu'à créer des dépenses inutiles pour le royaume, et celui-ci est déjà bien déficitaire.

Mais le sire s'entêta.

- Il est normal que Philippe soit reconnu comme le seul successeur de Henri VI, car il est son frère. Et ce dernier, avant son décès, l'avait désigné pour lui succéder !

- Là n'est pas la question. Je souhaite réintégrer l'armée car une quatrième Croisade en Terre Sainte est en train de se préparer. Et j'ai besoin de me sentir utile.

Le sire se leva pour féliciter son fils.

- Ah ! Dit-il, voilà qui me comble de joie. Ainsi, vous allez prendre ma succession dans ce combat contre les impies. Vous savez bien que vous allez servir une noble cause !

- Oui, Père, et j'espère bien que, cette fois, nous serons vainqueurs. Nous devons vous venger.

- Voilà qui est bien parlé ! Je souhaite également que vous écrasiez ces hérétiques. Quand partirez-vous ?

- Je crois que tout est organisé actuellement. Mais notre roi n'y participera pas. Nous serons conduits par le marquis Boniface de Montferrat qui se trouve à Venise. J'irai le rejoindre là-bas.

- Alors, je suis très fier de vous ! Illustrez-vous et soyez digne d'appartenir à la baronnie de Lanicey.

- Bien, Père. Dans trois jours je viendrai vous faire mes adieux. A présent je vais me préparer pour cette expédition.

Godefroy n'essaya pas de le retenir, car il ne lui avait jamais vraiment pardonné son insoumission d'autrefois. Et puis, maintenant, le petit Guillaume suffisait à le rendre heureux.

Cette Croisade partit de Venise, mais son but réel fut, non pas de délivrer Jérusalem de l'emprise des hérétiques, mais de négocier un contrat de transport avec l'Egypte, cette terre étant riche et fertile. Le marquis Boniface III de Montferrat prit la tête de cette Croisade et entraîna avec lui de très nombreux volontaires venant d'Occident.

Après le départ de Quentin, le sire sentit de nouveau la solitude peser sur lui. Il n'eut plus le cœur d'organiser des fêtes chez lui. Il se rendit plus souvent chez ses amis afin de se distraire en jouant aux échecs, lorsque le temps restait maussade. Et quand il faisait beau, ils partaient ensemble chasser dans la forêt, ce qui les détendait au contact de la nature. Mais ses amis ne lui suffirent plus. Il lui manquait une présence féminine à ses côtés. Isadora l'avait comblé de son vivant et lui avait permis de se sentir encore viril. Il ne souhaitait plus se remarier, mais jouir des bienfaits d'une maîtresse. Or, parmi son cercle d'amis, aucune Dame n'était libre. Ou alors il s'agissait de Dames veuves et déjà âgées. Il préférait de loin une chair encore fraîche et, évidemment, une personne fidèle. Ce fut alors qu'un jour où il prenait son repas avec Guillaume et Clémence, il planta son regard métallique dans les yeux bleus de cette dernière, et il s'aperçut qu'elle rougissait. "Tiens tiens ! Se dit-il, comment ai-je fait pour ne pas remarquer à quel point Clémence est jolie". En effet, la jeune femme approchait de ses trente ans et jouissait encore d'un teint frais, ainsi que d'un corsage bien rempli. C'était tout ce qui intéressait Godefroy. En outre, étant d'origine noble, Clémence possédait une excellente éducation. Mais comme elle n'était pas fortunée et qu'elle avait déjà succombé au péché de la chair, aucun gentilhomme n'était tenté de l'épouser. Et la pauvre jeune femme, dotée d'un caractère romantique, se désespérait de ne pas connaître l'amour.

Pour Godefroy, elle représentait la proie idéale. Il n'hésita pas à passer à l'action: un soir qu'ils empruntaient tous deux le même escalier qui les conduisait à leur chambre respective, le sire, sans crier gare, la plaqua contre le mur et saisit la bouche de Clémence avec ses lèvres sensuelles. Tout d'abord affolée, la jeune femme poussa un cri et se débattit. Mais Godefroy lui dit.

- Voyons Clémence, laissez-vous faire. Je sens palpiter vos seins à travers votre robe et cela m'excite au plus haut point. Ne souhaitez-vous pas vous abandonner à l'amour ?

Le sire étant son employeur, elle n'osa pas refuser. Alors, d'un geste fébrile, il dégrafa ses vêtements et fit jaillir ses seins, plutôt volumineux, malgré sa taille très fine, ce qui le combla d'aise. Il sentit son sang bouillonner de désir. Il les embrassa avec fougue et Clémence se tortilla sous ses morsures. Il la conduisit dans sa chambre et la déshabilla dans la hâte. Il ne fut pas déçu en découvrant son beau corps laiteux aux formes épanouies.

Elle s'écria pourtant :

- Seigneur, l'Eglise ne nous permet pas de nous dénuder entièrement.

- Je n'ai que faire de l'Eglise et de ses curés ! Je veux jouir des plaisirs de la vie avec vous, ma toute belle !

Clémence n'avait jamais entendu de telles paroles et ressentit de la fierté. Pas un seul instant, elle n'avait supposé qu'elle eût pu attirer un homme tel que son maître. Cette ardeur lui plut et il n'eut pas besoin de lui écarter les cuisses... Puis elle sombra dans un profond sommeil, abandonnant son beau corps nu et alangui sur sa couche. Lorsqu'elle se réveilla, le lendemain, dès l'aube, elle constata que son terrible amant avait disparu.

Clémence se sentit partagée entre le regret et le soulagement. Tout s'était passé si brusquement la veille ! N'avait-elle pas rêvé ? Et comment devait-elle se comporter avec lui à présent ? Elle aurait souhaité se confier à une amie. Puis elle rejeta cette idée, par crainte d'être mal jugée. Edwige de Palindrey, en épouse soumise, possédait un esprit rigide et ne l'aurait pas comprise. Elle ne pouvait pas non plus en parler à une servante, sachant que tôt ou tard, celle-ci n'aurait pas tenu sa langue Or, elle détestait les commérages.

Le lendemain, Godefroy se comporta comme si rien ne s'était passé entre eux la veille, ce qui la surprit. Cependant, l'image du sire qui avait presque déchiré sa robe afin de saisir ses seins, qui avait appliqué sa bouche sur la sienne, et qui avait joui de son corps sans qu'elle osât se défendre, la poursuivit sans relâche, toute la journée durant. Il lui sembla que ses lèvres avaient conservé la marque de cette bouche dévoreuse.

Puis elle songea qu'il avait dû simplement succomber à un instant de faiblesse. Il ne pouvait pas s'intéresser à elle, se jugeant elle-même trop insignifiante pour lui. Mais le soir, alors que la jeune femme se dévêtait pour se coucher, le baron pénétra dans sa chambre sans même frapper et lui dit.

- J'arrive juste à point, chère Clémence, pour admirer vos appâts si attirants pour moi ! Puisque aucun gentilhomme n'a demandé votre main, et que vous résidez sous mon toit, je suis dans mon droit de profiter de vous…

Elle chercha sa chemise afin de se couvrir, mais elle n'eut pas le temps de la saisir: le sire la renversa sur le lit et dévora tout son corps par des baisers passionnés. Elle souhaita cependant se dégager, mais cela ne fit qu'accroître son désir de mâle dominant. Elle n'osa pas crier, craignant trop d'être entendue par les servantes qui logeaient au même étage qu'elle. Ce fut ainsi que Godefroy put encore prendre son intimité. Puis il s'endormit sur elle. Comme il n'avait prononcé aucun mot en utilisant son corps, elle eut la bizarre impression de n'avoir été qu'un objet pour lui. Et cela attrista son cœur sensible et romantique. Comme elle ne parvenait pas à trouver le sommeil, Clémence décida de se lever. Mais chaque fois qu'elle tentait de s'échapper, il resserrait davantage son étreinte tout en grognant.

Quand l'aube apparut, apportant une légère lueur dans la pièce, le baron se réveilla. Alors elle fit semblant de dormir. Mais ce fut peine perdue. Se sentant frais et dispos, il lui déclara.

- J'espère que chaque soir vous me permettrez de partager votre couche. Ce fut si agréable, n'est-ce pas ?

La jeune femme se sentit affolée.

- Seigneur, est-ce vraiment raisonnable ? Vous savez bien que nous allons entrer dans la période du Carême, et que l'Eglise interdit tout rapport sexuel pendant quarante jours.

- Au diable la religion ! Dieu nous a créés homme et femme : c'est bien pour que nous en profitions !

- Je vous prie de m'excuser, mais il me sera très difficile d'enfreindre cette interdiction.

- Peut-être, mais vous me devez obéissance, ne l'oubliez pas.

Puis il s'habilla et partit en sifflotant.

Après avoir mûrement réfléchi, Clémence décida d'aller confesser sa faute au curé de la forteresse. Ce prêtre était un ancien moine cistercien qui avait souhaité se rendre utile auprès du monde. Le baron l'avait recueilli entre ses murs afin qu'il officiât dans sa forteresse, ainsi que dans les villages qui dépendaient de son territoire. Son devoir, en tant que chef de fief, était de mettre un prêtre à la disposition de sa famille et de ses subordonnés. Cela faisait actuellement une vingtaine d'années que l'ancien moine confessait et prêchait dans la chapelle de Lanicey, et il connaissait parfaitement le sire. A son arrivée, le prêtre avait constaté l'absence de piété de son seigneur et s'était efforcé de le guider vers des sentiments religieux.

- Sire, je suis très flatté de me trouver à votre service, mais j'ai remarqué que je ne vous vois point assister à mes offices. Et j'en suis fort surpris.

- Pour être franc, je dois vous avouer que je crois en Dieu lorsque cela m'arrange, sinon, je n'ai pas de temps à perdre dans des prières qui s'avèrent peut-être inutiles.

Le prêtre sursauta, tant il fut offusqué.

- Comment ? Vous osez remettre en cause l'existence de Dieu ?

- Jusqu'à présent, rien ne m'a prouvé qu'il existe…

- Alors que faites-vous de la Bible et des Saintes Ecritures? Ce sont des textes sacrés.

- Ce sont peut-être des histoires inventées pour nous soumettre à une loi quelconque. Il faut bien instaurer des lois pour que les hommes soient gouvernés. J'en sais

80

quelque chose, en tant que chef de fief.

Le brave curé en resta pantois.

- Ah ! Seigneur, il me faut beaucoup prier pour vous, afin que vous soyez touché par la grâce divine.

- Je vous autorise à prier pour moi, mais ne vous attendez guère à un changement d'opinion de ma part. Je ne crois que ce que je vois, Or, Dieu ne s'est jamais montré à moi...

Le curé n'insista pas, voyant qu'il avait affaire à une forte tête.

Il avait été beaucoup plus satisfait du comportement de Mahaut, qui, elle, s'était montrée fervente et respectueuse des lois instaurées par l'Eglise. Ainsi, elle avait assisté chaque dimanche à la messe qu'il célébrait dans la chapelle, et s'était confessée régulièrement alors qu'elle avait peu de péchés à avouer. Il avait apprécié sa douceur, son savoir-vivre, sa générosité envers les malheureux qu'elle avait secourus durant les périodes de famine, en cachette du baron.

Il avait tenté de la faire gracier lorsque Godefroy l'avait fait enfermer dans cette affreuse oubliette, pour une faute commise en toute innocence. Mais ce dernier était demeuré inflexible.

Plus tard, lorsque Quentin s'était enfui en compagnie d'Aliénor, il avait cherché à calmer la colère du sire à l'encontre de son fils. Mais hélas, en vain. Il avait compris Quentin tout en condamnant le fait qu'il eût cherché querelle à son père.

Isadora, elle aussi, s'était montrée pieuse, et avait toujours honoré son époux, ce que l'Eglise conseillait à toute femme mariée.

Seul, le sire lui résistait.

Un jour que Clémence aperçut le prêtre en train de lire son bréviaire dans le jardin de la forteresse, elle décida d'aller le rejoindre. Pour ce faire, elle vérifia que personne ne pouvait la voir descendre. En fin de matinée, les servantes s'activaient pour effectuer le ménage, les cuisiniers préparaient le repas, tout le monde paraissait affairé. Le sire s'était rendu sur ses terres afin de contrôler si les premiers labours avaient été effectués par ses paysans. De plus, elle avait confié la garde des enfants à Gerlinde qui était devenue une amie pour elle.

Elle s'approcha du prêtre le cœur battant, et lui demanda.

- Mon Père, je souhaiterais vous parler. Pouvons-nous entrer dans la chapelle ? Je me sentirais davantage en sécurité.

- Bien volontiers. Mais qu'avez-vous à cacher ?

- Venez, et je vous expliquerai.

Ils pénétrèrent dans la chapelle et la jeune femme sentit la paix la gagner. Elle pensa que Dieu la soutenait dans sa démarche. Ils s'assirent tous deux sur un banc.

- Avez-vous quelque chose à confesser ? Lui dit le prêtre en voyant son expression affolée.

Elle baissa les yeux et fit un geste affirmatif.

- Oui. Ce que j'ai à vous avouer m'est très pénible. Car je n'aime ni médire, ni me sentir coupable. Et surtout, je vous prie de garder mes propos secrets.

- Evidemment, ma fille: je vous écoute.

Alors Clémence narra ce que le sire lui avait fait subir, sans préciser certains détails qu'elle jugeait trop intimes.

Le prêtre resta un instant silencieux, puis demanda.

- J'espère que vous n'en avez pas tiré de jouissance ?

- Oh non, Père ! Assurément pas, ajouta-t-elle en rougissant. Je sais que c'est défendu par l'Eglise, et c'est la raison pour laquelle vous me voyez ici.

- Ma fille, je vous félicite d'avoir eu le courage de vous ouvrir à moi. Mais vous vous doutez bien qu'à présent, je vous conseille fortement d'éviter tout commerce avec le baron. Sinon, vous vivrez en état de péché mortel.

- Ah ! Mais comment vais-je faire puisqu'il m'ordonne de lui obéir ? Il est mon maître car il m'a engagée pour élever son jeune fils.

- Priez Dieu avec ferveur, il vous viendra en aide. De

mon côté, je vais le prier pour que vous trouviez en vous la force de lui résister.

Clémence fut déçue par cette réponse. Puis elle réfléchit: que pouvait-elle attendre d'un prêtre, sinon des prières ?

Puis il ajouta.

- Si vous ne trouvez pas la force de vous opposer à lui, il vous reste la possibilité de vous réfugier dans un couvent. Ainsi vous serez complètement à l'abri. Je connais de nombreuses Dames qui ont choisi cette solution.

- Mais je dois élever ma fille ! Je ne souhaite en aucun cas l'abandonner.

Le couvent ne lui paraissait pas envisageable, d'autant plus qu'elle ne se sentait pas particulièrement attirée par la vie religieuse.

- Je suis désolé, poursuivit le prêtre, mais je ne connais pas d'autre solution.

- Bien. Je vais réfléchir à tout cela. Et merci de m'avoir écoutée.

La jeune femme retourna s'occuper des enfants. Heureusement, le sire n'était pas rentré. Mais le soir, il pénétra, comme d'habitude, dans la chambre de Clémence. Elle se trouvait déjà couchée et se cacha sous la couverture.

- Que se passe-t-il, ma toute belle ? Etes-vous souffrante ? lui demanda-t-il, contrarié.

- Non, Sire. Mais je souhaite faire abstinence durant le Carême. Je vous l'ai déjà dit.

- Cessez donc ces bigoteries qui m'agacent !

Comme la jeune femme ne bougea pas, Godefroy fut pris de rage.

- Si vous persistez dans votre refus, j'irai tout simplement voir une ribaude. J'y serai très bien accueilli.

Sur ces paroles, il fit mine de sortir. Clémence se leva aussitôt pour le retenir.

- Oh non, seigneur ! Ne partez pas: je suis à vous.

Le brave curé fut ébranlé par la confession de Clémence, bien qu'il n'eût rien laissé paraître au cours de cet entretien. Il pria beaucoup, invoqua le Divin afin qu'il lui soufflât une idée pour venir en aide à cette jeune pécheresse désemparée.

Le lendemain matin, au réveil, il crut l'avoir trouvée. Il se vêtit en hâte car il savait que le sire se levait tôt pour savourer un instant de solitude. En effet, celui-ci était en train d'avaler un bol de lait chaud, car, en Mars, le froid sévissait encore.

- Oh ! Oh ! S'exclama-t-il, que me voulez-vous pour me rendre visite si tôt le matin ?

- Excusez-moi, Seigneur, de vous déranger ici, mais je souhaiterais m'entretenir avec vous seul à-seul.

- Diantre ! Qu'avez-vous de si confidentiel à me dire ?

Le prêtre ne savait pas trop comment s'y prendre, car les réactions du baron, toujours très vives, restaient cependant imprévisibles.

- Voilà : cela fait bientôt une année que feu votre épouse vous a quitté - que Dieu ait son âme - et il me semble qu'il serait bon pour vous de vous remarier.

- Sacrebleu ! Je déteste que l'on se mêle de ma vie personnelle ! Ne le savez-vous donc pas ?

Et il asséna un grand coup de poing sur la table. Mais le curé poursuivit.

- Permettez-moi d'insister, Sire, car il a été dit dans les Saintes Ecritures :
Qu'«il n'est pas bon que l'homme soit seul »

- Et alors ? N'êtes-vous pas seul, vous aussi ?

- Non, car Dieu m'accompagne…

- En voilà des sornettes ! Mais à propos de votre demande, je vais répondre que, après avoir eu deux épouses, le repos m'est nécessaire.

Le prêtre n'insista plus, connaissant l'entêtement de son seigneur. Rentré dans sa chambre meublée de façon très rudimentaire, l'ancien moine s'agenouilla sur le sol et pria ardemment le Divin pour tenter de sauver l'âme damnée de Clémence.

Cependant, cet entretien ne fut pas tout-à-fait vain, car Godefroy réfléchit et songea qu'il était important, pour un chef de fief, de posséder une épouse. Cela pouvait renforcer son autorité et sa considération vis-à-vis des seigneurs étrangers à son comté. Certains de ses amis avaient convolé trois ou quatre fois, leurs épouses étant décédées à la suite d'un accouchement.

Ce fut pourquoi, dans l'après-midi, il convoqua dans son cabinet Ulric, son grand confident et complice de ses infamies. A cet homme sans âme, il ne craignait point d'avouer ses plus viles pensées. Il le considérait comme son double à un échelon inférieur. Il ne l'avait jamais déçu.

Godefroy agita une cloche pour faire apparaître un serviteur. Celui-ci se présenta aussitôt.

- Firmin, va chercher Ulric et ramène-le moi, ici.

- Bien, Sire.

Une demi-heure plus tard, Il revint, accompagné d'Ulric.

- Bonjour, maître, dit ce dernier d'un ton fielleux. Avez-vous besoin de moi ?

- Pour sûr ! Assieds-toi. J'ai besoin de tes conseils, car tu connais tout de moi.

Il ne passa même pas une ombre de reconnaissance dans le regard mauvais du surveillant.

Sans mot dire, il se contenta d'attendre les ordres du baron.

- Ulric, écoute-moi. Ce brave curé que tu ne fréquentes pas, heureusement, dans notre forteresse, m'a suggéré de reprendre une épouse. Et j'estime que ceci pourrait affirmer davantage ma puissance auprès des seigneurs étrangers à notre comté. Qu'en penses-tu ?

- Je pense qu'il n'a pas tort.

- Bien ! Alors, dans ce cas, j'ai pensé à Clémence de

Jaffrerot. Cette personne, connue de tous ici, est aimée par Guillaume. De plus, elle est de souche aristocratique. Enfin elle possède de nombreux talents.

Ulric ne put s'empêcher de sourire discrètement.

- Je vois à quels talents vous faites allusion, Sire…

Godefroy bondit.

- Comment cela ? Que veux-tu dire ?

- Maître, sans vouloir vous offusquer, tout le monde, ici, connaît votre liaison avec cette personne. Mais je ne vous juge pas.

- Clémence a-t-elle parlé ? Rugit Godefroy. Je te somme de me dire la vérité.

- Non, elle n'a pas parlé. Mais il existe des oreilles indiscrètes. De même que des yeux trop curieux.

Le baron ne fut pas vraiment surpris.

- Eh bien, si je l'épouse, ces commérages cesseront.

- Certes oui. Mais êtes-vous certain que Madame de Jaffrerot soit l'épouse idéale pour vous ?

- Peut-on vraiment le savoir ? Elle me plaît bien, rétorqua le sire.

- Est-ce tout ?

- Enfin ! Où veux-tu en venir ?

Une lueur fauve étincela dans le regard d'Ulric, traduisant la joie qu'il éprouvait à manipuler son maître, bien que celui-ci demeurât le chef. Alors il précisa.

- Si vous fréquentiez, comme moi, le bistrot "Au bon goulot", vous pourriez découvrir une personne semblable à Aliénor. Elle lui ressemble tant que je pense que le diable l'a fait revivre en ce tripot !

- Non ! Je ne te crois pas. Aucune femme ne peut posséder une telle beauté... Aliénor était unique.

- Il vous suffira simplement de vous rendre là-bas, et vous constaterez par vous-même à quel point elle lui ressemble.

- Tudieu ! Si cela est vrai, je m'y rendrai dès demain.

Le lendemain soir, Clémence attendit le sire dans sa chambre propre et bien rangée. Comme d'habitude, elle s'était parfumée et avait laissé dégringoler sa longue chevelure ondulée. Mais il ne vint pas. Elle éprouva de la tristesse, car elle avait fini par trouver de l'agrément en sa rude compagnie. Son cœur tendre et romantique s'était attaché à lui. Et la jeune femme, se sentant désirée et peut-être appréciée, s'était épanouie. Ses yeux bleus possédaient un éclat lumineux, et elle portait des vêtements aux décolletés plus audacieux. Gerlinde la considérait aussi bien qu'Isadora. Quant à Guillaume, il l'aimait comme sa propre mère dont il gardait peu de souvenirs.

Le prêtre, ayant remarqué cela, fut le seul à ressentir de la désapprobation. Mais il ne dit mot. Il avait compris que la jeune femme avait choisi de vivre dans le péché. Il espéra la revoir en confession, mais celle-ci n'en eût manifestement plus besoin.

La jeune femme craignait beaucoup d'attendre un nouvel enfant. Aussi, lorsqu'elle craignait de devenir grosse, elle avalait des potions abortives, composées d'un mélange de graines de fougère, de gingembre et de feuilles de saule.

Clémence attendit le sire durant plusieurs heures, durant lesquelles elle épia chaque bruit dans l'espoir d'entendre retentir ses bottes. Puis, malgré son inquiétude, elle finit par s'endormir dans son lit qui lui parut trop grand. Son sommeil ne fut pas réparateur. Lorsqu'elle descendit dans la cuisine, le lendemain matin, ses traits étaient chiffonnés. Gerlinde s'activait déjà pour la servir.

- Sais-tu où était le Sire, hier soir ? Demanda-t-elle à sa servante.

- Non. N'était-il pas auprès de vous ?

Clémence dut avouer tristement qu'elle ne l'avait pas entendu revenir.

- Peut-être est-il rentré tard et a-t-il préféré ne pas vous réveiller ?

- Si seulement tu pouvais dire vrai !

Elle avala son bol de lait sans appétit.

Une demi-heure plus tard, Godefroy apparut à son tour dans la cuisine. Contrairement à Clémence, il parut de fort belle humeur. Qu'avait-il donc pu faire la veille au soir ? Mais elle n'osa pas lui poser la question, sachant que cela l'aurait importuné. Il était de retour. N'était-ce point là l'essentiel pour elle ?

La veille au soir, Godefroy avait accompagné Ulric jusqu'au tripot intitulé "Au bon goulot", situé à l'extrémité de ses terres, au bord du canton de Vaud. Cela faisait très longtemps qu'il ne s'y était pas rendu. Le patron l'avait salué bien bas, puis l'avait fait s'asseoir à la meilleure table.

- Que puis-je vous servir, Seigneur, pour votre plaisir ?
- Un pichet de ton meilleur vin.

En attendant d'être servi, il avait examiné les clients qui buvaient ou riaient très fort entre eux. De nombreux paysans ou artisans s'y trouvaient après avoir terminé leur dur labeur, afin de se détendre avant de rentrer auprès de leurs femmes. La plupart étaient miséreux et se contentaient de discuter entre eux, sans même consommer. Les commerçants, ou les voyageurs plus fortunés, se permettaient de suivre des serveuses à l'allure effrontée dans l'arrière boutique. Là, elles leur prodiguaient des faveurs particulières en se prostituant. Il s'agissait bien souvent de jeunes femmes sans famille, ou de pauvres filles violées, qui, ensuite, se trouvaient rejetées par la société, alors qu'elles avaient été des victimes.

Ulric avait repéré une superbe jeune femme que tous les hommes réclamaient. De ce fait, elle rapportait beaucoup d'argent à son patron.

Ulric l'avait désignée à son maître.

- Regardez bien cette fille brune, là-bas, et dîtes-moi si elle ne vous rappelle pas Aliénor.

- Ventre-Dieu ! Effectivement, elle lui ressemble beaucoup Je vais l'inviter à notre table. Ulric, va la chercher.

Ulric avait ordonné à la jeune femme de se rendre auprès du seigneur de ces lieux. Pas le moins du monde intimidée, celle-ci lui avait demandé.

- Va-t-il me payer grassement ?
- Si tu sais le séduire, ma belle, je n'en doute pas.

Et il lui avait pincé les fesses.

Elle avait suivi Ulric jusqu'à la table où se trouvait le baron.

- Assieds-toi, lui avait-il dit en la dévorant du regard. Comment t'appelles-tu ?
- Tiphaine.
- Et ton nom de famille ?
- Je n'en ai pas. J'ai été abandonnée à ma naissance, puis placée dans un orphelinat jusqu'à l'âge de treize ans. Mais j'étais si malheureuse que je me suis sauvée. Un homme m'a trouvée en train de mendier, dans un village. Alors il m'a conduite ici. Maintenant le patron du "bon goulot" me considère presque comme sa fille.
- A la bonne heure ! Et quel âge as-tu, à présent ?
- J'aurai bientôt dix neuf ans, ou du moins, c'est ce que m'a dit le prêtre qui m'a recueillie.

Grande et mince, elle avait belle allure. Sa longue crinière noire s'harmonisait à la couleur de ses yeux qui brillaient telles des étoiles dans un ciel nocturne. Ses seins, haut placés, tendaient avec arrogance le tissu de sa robe rouge, très serrée à la taille. Ses lèvres sensuelles, maquillées de rouge, tranchaient, ainsi que ses yeux noirs, sur son teint mat et lisse. Le sire n'avait pas pu juger sa croupe, car elle portait de nombreux jupons superposés les uns sur les autres.

Tiphaine avait regardé le sire hardiment, certaine de lui plaire, et s'était penchée de façon à ce qu'il fût subjugué par ses seins, sous sa robe largement échancrée. Elle portait un parfum envoûtant. Tout, en elle, traduisait une forte sensualité, à laquelle Godefroy n'avait pu résister.

- Emmène-moi dans la pièce voisine; j'ai envie de te connaître davantage.

Elle s'était levée en faisant tournoyer ses jupons et l'avait conduit dans l'arrière boutique où elle officiait.

Après être passée derrière un paravent, elle était réapparue en portant une cape de soie noire et brillante.

- Vous pouvez me la retirer, Sire, lui avait-elle dit avec un sourire enjôleur.

Godferoy la lui avait arrachée en tremblant de convoitise: Tiphaine était entièrement nue en dessous. Son corps aux formes généreuses était entièrement et soigneusement épilé. Alors il avait embrassé ce corps avec feu, puis il s'était dévêtu. Elle l'avait fait s'allonger sur un sofa et s'était penchée vers lui, afin que la pointe de ses seins magnifiques caressât le ventre du sire. Il avait tressailli de plaisir. Puis elle s'était abandonnée entre ses bras... Il avait fermé les yeux pour mieux savourer cet instant....

Lorsqu'il les avait rouverts, elle avait déjà disparu.

"Sacrebleu, ai-je donc rêvé" ? S'était-il interrogé, tout songeur" ou cette fille m'a rendu fou " ?

Il était revenu s'asseoir auprès d'Ulric qui l'attendait en buvant. Celui-ci avait avalé deux grandes chopes de vin.

- Alors, comment avez-vous trouvé cette donzelle ? Etait-elle à vote goût ?

- Ah ! Je te remercie de m'avoir amené ici. Elle possède la beauté et le talent du diable ! J'en suis encore tout étourdi.

- Ne pensez-vous pas qu'elle vaut bien Aliénor ?

Mais Godefroy n'avait pas partagé cet avis.

- Certes, cette petite putain est superbe, mais je ne peux pas la comparer à Aliénor, car celle-ci était vierge. Et de plus, elle provenait d'une famille aristocratique, bien qu'elle fût de petite noblesse. Tandis que Tiphaine ne sait même pas d'où elle vient ! Et il eut une moue méprisante en disant cela.

90

- Est-ce que vous reviendrez ici ? Avait demandé Ulric, un peu déçu.

- Pour sûr, je reviendrai, car cette créature m'a ensorcelé. Mais elle ne remplacera jamais Aliénor.

- Alors, pourquoi avez-vous souhaité l'éliminer si vous l'aimiez autant ?

- Parce qu'elle s'était refusée à moi, après avoir été séduite par mon fils. Ainsi ma passion s'était transformée en haine… Elle ne méritait plus de vivre.

A ce souvenir, le visage du sire s'était endurci. Il n'avait pas non plus pardonné à Quentin son effronterie.

Depuis ce soir-là, Godefroy prit l'habitude de fréquenter cet endroit infâme, tenaillé par le désir de jouir entre les bras de la belle Tiphaine. Le tenancier avait effectué quelques arrangements afin de rendre cette pièce plus agréable. Des voiles aux couleurs ensoleillées avaient été tendus contre les murs décrépis. La toile du vieux sofa avait été remplacée par du velours. Il avait également acquis deux chandeliers en argent pour éclairer doucement leurs ébats amoureux. Et ceci, grâce à l'argent que le baron dépensait allègrement chez lui. Car, en bon commerçant, il avait augmenté le tarif d'un rendez-vous galant.

Le tenancier lui avait présenté deux autres jolies filles qui faisaient le bonheur de ses clients habituels. Mais le sire, bien qu'il les eût appréciées, continua à préférer Tiphaine.

Clémence l'attendait très longtemps, chaque soir, avec l'espoir de le voir réapparaître à l'improviste. Cela lui arrivait encore de temps à autre, mais trop rarement, hélas ! Lorsque Godefroy était présent, elle avait l'impression que son esprit s'égarait ailleurs… Etant une compagne soumise, elle l'appréciait toujours sans oser lui poser de questions. Elle avait appris très tôt qu'une femme, même trompée, devait continuer à admirer et à honorer son époux ou son amant, car son statut était inférieur à celui de l'homme. Mais elle souffrait intérieurement. Toutefois, elle se confia à son amie Gerlinde.

- Sais-tu ce que fait notre maître, lorsqu'il sort le soir ?

- Comment le saurais-je, moi qui ne suis qu'une simple servante ?

- Peut-être peux-tu le savoir par l'intermédiaire d'un serviteur proche de lui ?

Gerlinde hésita un instant, puis lui dit.

- Dans ce cas, je ne vois que le surveillant, Ulric. Lui-seul peut se flatter de savoir tout ce que fait le sire. Mais je ne vous cache pas que j'éprouve de l'aversion pour lui.

- Tu n'es pas la seule. Je pense qu'il est fourbe et méchant.

- Taisez-vous, je vous prie. Vous savez bien que les murs ont des oreilles.

Il ne fut pas nécessaire de l'interroger: par un bel après-midi d'été, Clémence s'assit sous un chêne, dans le jardin de la forteresse. Elle avait l'impression de se ressourcer au contact de la nature. Elle aperçut le jardinier qui discutait avec Ulric. Ce dernier devait sans doute l'admonester car il n'arrachait pas assez vite les mauvaises herbes qui envahissaient les plates-bandes. Ulric était, effectivement, chargé de surveiller le travail de tout un chacun, et de dénoncer au sire ceux qui ne s'activaient pas suffisamment dans leurs besognes.

Ce fut alors qu'Ulric aperçut Clémence, et profita de la voir seule pour venir lui parler. Il s'avança vers elle et la déshabilla du regard avec effronterie. La jeune femme ne put s'empêcher de frissonner de peur.

- Est-ce ainsi que vous surveillez Guillaume ? Lui dit-il d'un ton mauvais. Pourquoi n'est-il pas à vos côtés ?

- Parce qu'il fait actuellement sa sieste. De toute façon, je vais bientôt remonter.

- Et qui le surveille pendant que vous vous prélassez ici ?

- Ma servante Gerlinde. Nous sommes amies et nous nous rendons service parfois.

Il se mit à ricaner méchamment.

- Vous avez encore la belle vie, mais cela ne durera pas, croyez-moi.

Effrayée et le cœur battant la chamade, elle demanda.

- Que voulez-vous dire par là ?

- Eh bien, apprenez que notre maître s'est amouraché d'une plus jolie fille que vous.

Clémence, sous le choc, demeura sans voix. Puis elle osa bredouiller.

- Comment le savez-vous ?

- Je le sais tout simplement parce que je l'accompagne souvent au cours de ses soirées galantes. Cette fille ferait damner un saint, si toutefois il en existait un.

Et il se mit à ricaner méchamment, jouissant de l'immense déception qui s'inscrivait sur le visage décomposé de Clémence. Celle-ci, se sentant incapable d'en entendre davantage, se leva brusquement, et, sans même saluer l'homme sans âme, s'enfuit en courant. Elle alla trouver Gerlinde et lui rapporta ce qu'elle venait d'apprendre. Et, tout en parlant, des larmes chaudes trempèrent ses joues devenues pâles.

Gerlinde, sincèrement peinée, tenta de la réconforter.

- Voyons, ma chère maîtresse, Ulric peut vous raconter les pires vilenies ! Cet homme est un représentant du diable sur terre.

- Oui, mais je pense qu'il m'a dit la vérité, car j'ai bien remarqué que je n'intéresse plus notre sire. Ah ! Quel déshonneur pour moi ! Comme je suis malheureuse !

- Que comptez-vous faire ?

- Je n'en sais rien encore, mais je ne supporterai pas les commérages de toutes les servantes de cette forteresse. Leurs langues vont se déchaîner derrière mon dos, et je les entends déjà se gausser de moi.

A ce moment-là, Guillaume se réveilla et elle partit pour s'occuper de l'enfant. Cette occupation lui apparut

93

comme un baume bienfaiteur sur sa réelle souffrance.

Ce fut alors qu'elle songea au prêtre. Et la jeune femme décida de le rencontrer de nouveau. Elle savait qu'il se rendait dans la chapelle chaque soir pour prier. Aussi osa-t-elle pousser la porte de celle-ci qui s'ouvrit en grinçant. L'ancien moine se retourna, et, reconnaissant Clémence, lui sourit avant de la saluer. Puis il l'invita à s'asseoir. La jeune femme en fut si touchée qu'elle se mit à pleurer.

Il la questionna doucement.

- Allons, ma fille, que se passe-t-il ?

- Oh mon Père ! Si vous saviez comme je souffre !

Et elle sanglota de plus belle.

Puis Clémence lui narra tout ce qu'il connaissait déjà, car les bruits de sa liaison avec le sire avaient circulé jusqu'à lui. Cependant, il l'écouta attentivement.

- Madame, sachez que j'ai beaucoup prié pour vous, afin de quémander le salut de votre âme.

- Je vous en remercie infiniment, car, à présent, je sais que je souhaite quitter cette vie qui n'est point faite pour moi. J'ai beaucoup réfléchi, et ma décision est prise: je préfère me retirer dans un couvent.

- Ah ! Voilà une excellente solution ! Mais que va devenir votre fille ?

- J'ai l'intention de la confier à mon amie, la vicomtesse de Palindrey. Elle sera en bonne compagnie, élevée dans la religion. En outre, Edwige pourra la conduire au couvent, où elle me rendra visite.

Le prêtre se montra tout réjoui.

- Je constate avec plaisir, Madame, que Dieu a entendu mes prières, car c'est Lui qui vous a dicté cette bonne décision. J'irai dès demain rencontrer l'abbesse du monastère de Fontenay afin de solliciter votre admission là-bas.

Clémence ajouta en soupirant.

- Une seule chose me retient : celle d'abandonner

Guillaume, car il a déjà perdu sa mère. Pauvre enfant !

- Ne vous inquiétez pas pour lui. Son père trouvera rapidement une remplaçante lorsque vous serez partie.

Clémence, un peu effrayée par tout cela, lui demanda enfin.

- Serai-je obligée de devenir nonne ?

- Non pas. Vous pourrez trouver là-bas un refuge, sans pour autant prononcer des vœux.

- Alors, dans ce cas, je me sens rassurée. Merci pour la bonté dont vous faites preuve à mon égard.

Clémence obtint le consentement d'Edwige de Jaffrerot. Celle amie lui assura qu'elle élèverait Johanne avec ses enfants, et qu'elle la conduirait à l'abbaye, afin qu'elle lui rendît visite aussi souvent que possible.

Un mois plus tard, après avoir serré Gerlinde dans ses bras, ainsi que d'autres fidèles servantes comme Hildegarde, elle s'éclipsa de la forteresse sans crier gare.

Le curé l'accompagna dans une carriole prêtée par le couvent.

Sixième Partie : La vengeance de Quentin

En 1202, le marquis Boniface de Montferrat, en Italie, avait pris la tête de la quatrième Croisade en Terre Sainte. Celle-ci fut prêchée par le pape depuis 1198. Mais aucun roi n'y participa, contrairement aux précédentes Croisades. Le roi Richard-Cœur-De-Lion, en Angleterre, était décédé. Le roi Philippe II, en France, avait été interdit par le pape à cause de son divorce. Quant à la Germanie, elle était déchirée par les luttes incessantes existant entre Othon IV de Brunswick et Philippe IV de Souabe.

Partis pour Jérusalem, les Croisés, comprenant environ trente mille guerriers occidentaux, devièrent leur trajectoire pour atteindre l'Egypte : ce pays riche les attirait, et ceci dans un but purement commercial.

En 1203, ils prirent Zara, une ville chrétienne de Dalmatie. Là, ils rencontrèrent un jeune prince, Alexis IV, dont le père, Isaac Ange, avait été détrôné. Il était le fils de l'empereur de Byzance et le beau-frère de Philippe de Souabe. Il demanda secours aux Croisés en échange d'une importante somme d'argent et de l'entretien de leurs soldats. Devenus alliés, ils poursuivirent leur route en direction de l'Empire de Byzance. Ils arrivèrent à Constantinople, l'une des plus magnifiques villes de l'époque. L'empereur byzantin prit la fuite en emportant de nombreux trésors avec lui.

Les Croisés trouvèrent les Byzantins maniérés et efféminés. De leur côté, les Byzantins jugèrent les Croisés brutaux et grossiers. Une guerre civile éclata entre eux et Alexis IV fut étranglé. Horrifiés par cet assassinat, les Croisés s'emparèrent de Constantinople en 1204. Alors l'Empire byzantin s'écroula peu à peu...

Les Croisés fondèrent l'Empire latin de Constantinople. L'Empire byzantin devint morcelé, en vertu du système féodal en vigueur. Boniface de Montferrat devint roi de Macédoine. La Grèce, qui faisait partie de cet Empire, fut partagée également.

Les Vénitiens se taillèrent la part du lion en possédant les principaux ports, la plupart des îles, et un très vaste quartier de Constantinople. Ils gagnèrent surtout une franchise commerciale absolue dans tout l'Empire. Ainsi le vieil état des Macédoniens, dont l'organisation déjà moderne était autrefois en avance de plusieurs siècles sur tout le reste de l'Europe, fut ravalé à la condition d'un Empire colonial et d'un royaume féodal.

Quentin de Lanicey eut l'occasion de s'illustrer durant le siège de Constantinople qui dura plusieurs mois. Etant devenu maître dans le maniement de l'épée grâce à son entraînement militaire à Dijon, il massacra de nombreux infidèles. Il fut légèrement blessé à l'épaule et s'estima chanceux car il guérit rapidement. Mais il perdit de vaillants compagnons. Lorsque l'Empire byzantin fut démantelé, Boniface de Montferrat le récompensa en le laissant gouverner une terre dans le Cappadoce.

Sur cette terre vivait un vieil aristocrate dépouillé de ses biens. Quentin lui rendit visite à plusieurs reprises, d'autant plus qu'il avait aperçu sa fille, Aysu, belle comme une perle rare.

Le vieil homme lui apprit qu' Aysu était sa dernière fille non encore mariée, et que son prénom signifiait "eau de lune".

Pour le jeune baron, cette jeune fille ne pouvait venir que de la lune. Elle était une goutte de lune dont il avait besoin pour étancher sa soif d'amour.

Agée de seize ans, Aysu alliait la beauté à la douceur

et lui rappelait Herminie, bien qu'elle fût très brune et davantage robuste que feu son épouse. Mais elle était farouche, ce qui accrut encore son attirance pour elle. Il dut multiplier ses visites avant qu'il pût lui adresser la parole. Elle avait étudié le français et le parlait fort bien, d'après les dires de son père. Mais il ne réussit pas à entendre le son de sa voix.

Elle portait, comme toutes les femmes de là-bas, une longue tunique soyeuse au-dessus d'un pantalon bouffant. Une ceinture serrait sa taille très fine. Ses cheveux noirs étaient dissimulés sous un turban. Grande et mince, on eût dit une liane.

Un jour, Quentin lui offrit des fleurs avec l'espoir de l'apprivoiser. Aysu parut enchantée et le gratifia d'un merveilleux sourire. Alors il en tomba fou d'amour.

Il alla trouver son père qui se reposait dans le jardin, à l'abri d'un palmier, et lui dit.

- Seigneur, je sais que votre fille vous est précieuse, et cela vous honore. Mais elle est si jolie ! Accepteriez-vous de me donner sa main ?

Le vieil homme en fut très surpris, et répondit tout d'abord.

- Permettez que je réfléchisse. Vous autres, les Latins, vous êtes si différents de nous ! Vous ne possédez pas les mêmes coutumes, ni les mêmes croyances que nous. Est-ce que vous croyez en Dieu ?

Quentin fit un geste évasif.

- Oui, mais je ne pratique pas de religion

- Il faut croire en Lui, véritablement. C'est Dieu qui nous guide. Ici, nous sommes de religion orthodoxe depuis longtemps, car notre culture est d'origine grecque.

- Alors que dois-je faire pour conquérir votre fille ?

- Vous devrez pratiquer la religion orthodoxe.

- Soit ! Je me conformerai à cette religion.

Quentin se sentit inondé par la joie. Peu lui importait de changer d'Eglise: Il n'avait jamais été très pieux, à l'image de son père, et cette conversion imposée ne le perturba pas. Et ce fut ainsi que, pour obtenir la très belle Aysu, il devint chrétien orthodoxe. Lorsqu'il rendit visite au père de la jeune fille, une semaine plus tard, celui-ci l'accueillit comme son futur gendre. Il lui apprit qu' Aysu acceptait ce mariage, ce qui le combla de joie.

Enfin, le jour du mariage arriva. Celui-ci se déroula dans l'intimité, car le vieil homme était ruiné. Il ne possédait que son humble demeure entourée d'un assez grand jardin. Seuls, quelques membres de sa famille proche y assistèrent.

Il faisait encore chaud en automne. Aysu portait une longue robe de soie jaune par-dessus son pantalon, ainsi qu'un turban de la même couleur. Quentin la contempla avec ravissement.

Le mariage orthodoxe n'était pas une simple cérémonie, mais l'un des sept sacrements de cette Eglise. La cérémonie se déroula comme suit : le patriarche (nom du prêtre orthodoxe) demanda le consentement des fiancés. Chacun d'eux accepta de vivre ensemble et de rester fidèle l'un à l'autre. Vint ensuite l'office du couronnement : Aysu et Quentin portèrent chacun un cierge allumé, ceux-ci étant reliés par un ruban. Une couronne fut tenue au-dessus de la tête de chacun d'eux par un invité. Puis le patriarche couronna les mariés. Ensuite, ils burent une coupe de vin offerte par le patriarche. Enfin, guidés par celui-ci, ils firent trois fois le tour de l'autel en se tenant par la main.

Lorsqu'ils durent s'embrasser, Quentin déposa un baiser passionné sur les lèvres charnues et douces de la jeune femme.

La nuit de noces plongea Quentin dans un délice de volupté, car la belle Aysu se montra lascive, bien qu'elle fût vierge.

Au bout de deux longues années passées à guerroyer

au Moyen-Orient, Quentin ressentit soudain le mal du pays; Il supportait mal la chaleur étouffante de la Cappadoce, car il ne résidait pas au bord de la mer. De plus, il avait conservé la nostalgie des longues soirées d'hiver passées au coin d'un bon feu de cheminée, en compagnie des siens.

Il demanda l'avis d'Aysu.

- Dîtes-moi, ma mie, que diriez-vous si nous partions vivre en Germanie ? Là-bas, il existe de grandes forêts et la montagne est envoûtante.

- Je serai triste de quitter mon pays, ainsi que mon père, mais je vous suivrai au bout de la terre, si vous le désirez.

- Ah ! Comme vous êtes douce et aimante !
Et il la serra dans ses bras.

Le vieux seigneur s'attrista également au moment du départ de sa fille, mais dans les Evangiles, il était bien précisé que l'épouse devait suivre son conjoint. Alors il s'efforça de faire bonne figure.

Le voyage fut long et pénible, car ils essuyèrent une forte tempête en mer. Un soir, en pleine nuit, ils entendirent mugir le vent à travers les voiles du bateau. Celui-ci avançait péniblement tant la brume était dense. Les vagues, devenues noires, s'élevèrent très haut comme si elles voulaient inonder les passagers qui poussaient des cris effrayés. Sous les éléments déchaînés, les voiles se déchirèrent, des cordages se brisèrent. Les voyageurs crurent qu'ils allaient périr. Ils mesurèrent leur petitesse face à la fureur de cette tempête qui leur apparaissait comme une malédiction divine.

Aysu n'avait jamais voyagé sur un bateau et elle souffrit du mal de mer. Blottie entre les bras de son époux, elle fut prise de tremblements nerveux, puis elle se mit à pleurer. Elle songea qu'elle ne reverrait peut-être plus jamais son cher père...

Le bateau se mit à craquer sous l'assaut des vagues déferlantes. Les marins tentèrent de redresser les voiles, mais ce ne fut pas aisé. Quentin pensa qu'ils allaient couler, et tenta de masquer son inquiétude. La jeune femme, entre deux pleurs, se mit à prier Dieu afin que cette affreuse tempête prît fin.

"Seigneur tout-puissant, ayez pitié de nous ! Permettez que la mer se calme afin que nous arrivions à bon port. Je crois en votre bonté."

Le Divin entendit sans doute cette humble prière, jaillie d'un cœur pur et sincère, car, au bout de deux jours, la mer s'apaisa.

***

Aysu fut très surprise en découvrant les paysages forestiers et vallonnés de la Germanie. Mais elle le devint encore davantage lorsqu'elle arriva à l'entrée de la forteresse de Lanicey. Elle n'imaginait pas que l'on pût vivre cloîtré à l'intérieur de ces hauts murs, alors qu'elle avait été habituée aux grands espaces libres dans son pays d'origine. Pourtant, Quentin lui avait expliqué leur mode de vie, durant leur long voyage, afin qu'elle ne fût pas effrayée.

Elle dut franchir l'enceinte gardée par des hommes armés. Puis quand l'énorme portail d'entrée s'ouvrit, elle se sentit impressionnée par la grande salle de réception où se tenaient de nombreuses personnes. Tout lui apparaissait immense et froid.

Cependant, son époux fut accueilli par des cris de joie: des hommes et des femmes d'humble condition lui firent la révérence en lui souhaitant la bienvenue.

Quentin leur présenta Aysu.

- Merci mes braves gens, je vous présente ma seconde épouse. Vous lui devrez le respect.

- Bien, seigneur ! Dirent-ils en chœur.

Puis ils la saluèrent bien bas.

- Mon père est-il présent ici ? leur demanda-t-il.

- Oui, Sire.

- Alors, faîtes-lui savoir que je suis de retour. D'autre part, veuillez installer nos affaires dans mon ancienne chambre. Puis il se tourna vers son épouse qui écarquillait ses grands yeux noirs.

- Ma chère Aysu, je dois vous avertir que mon père ne possède pas le caractère bon et généreux de votre propre père. Mais vous apprendrez à le connaître.

- Je l'espère bien. Répondit-elle, un peu intimidée.

Tout, dans ce château, lui paraissait inhospitalier, voire sinistre, et un frisson courut le long de son échine. Réussirait-elle à s'adapter à cette sombre atmosphère ?

Le sire fit savoir qu'il souhaitait voir son fils en son cabinet de travail. Alors Quentin préféra s'y rendre sans son épouse, redoutant ses réactions parfois trop franches. Il la confia à la vieille Hildegarde - ou Hilda - qui était encore de ce monde, à cinquante ans passés.

- Prends bien soin de mon épouse, lui recommanda-t-il, car elle est sensible à tout ce dépaysement.

- Ne craignez rien, mon cher Quentin. Je vais m'occuper d'elle.

Le jeune homme partit donc se présenter à son père. Celui-ci l'accueillit fort bien.

- Ah ! Vous voilà de retour ? J'espère que vous m'apportez de bonnes nouvelles. Asseyez-vous donc et racontez-moi tout.

Godefroy examina son fils et le trouva fort beau: son teint hâlé par le soleil faisait ressortir la blondeur de sa chevelure, ainsi que ses yeux bleus. Ses épaules s'étaient élargies et ses muscles saillaient sous ses vêtements.

Quentin, de son côté, remarqua que le sire n'avait pas changé depuis son départ. Celui-ci se portait toujours à merveille, comme si le temps n'avait pas de prise sur lui.

Godefroy repoussa le manuscrit qu'il était en train de lire et écouta attentivement son fils.

- Père, j'ai d'excellentes nouvelles à vous apprendre, mais peut-être les connaissez-vous déjà ?

- Oui, j'ai entendu dire que vous aviez été victorieux, et j'en suis fort heureux.

- Nous avons même réussi à envahir Constantinople et l'empereur byzantin a dû fuir.

- Mais, rétorqua le baron, très surpris, je croyais que vous deviez chasser les hérétiques de Jérusalem. Ne l'avez-vous point fait ?

- Boniface de Montferrat a changé de destination en cours de route. Il souhaitait atteindre l'Egypte afin de développer notre commerce.

Et Quentin narra leur aventure avec Alexis IV, puis leur décision d'envahir l'Empire byzantin, afin de venger l'assassinat d'Alexis.

- Comme l'empereur byzantin s'était enfui, nous avons conquis une très grande partie de cet Empire, qui, à présent, appartient aux Croisés.

- C'est fabuleux ! S'exclama le sire. Mon fils, je suis très fier que vous ayez participé à cette Croisade qui a contribué à accroître notre pouvoir sur les terres du Levant. Et ses yeux gris étincelèrent de joie.

- A présent, vous pouvez vous retirer. Je vous retrouverai pour notre repas.

- Euh ! Non, j'ai encore quelque chose d'important à vous apprendre.

Le sire, étonné, leva un regard soupçonneux sur lui.

- Quoi encore ?

Quentin devait lui annoncer qu'il avait pris femme là-bas. Cela lui parut beaucoup moins aisé que de décrire ses conquêtes guerrières. Enfin il se lança.

- Père, je dois vous apprendre que je me suis marié en Cappadoce.

Il avait prononcé cela d'un trait, mais son regard avait fixé le sire droit dans les yeux, sans ciller.

La fureur de Godefroy ne se fit point attendre : rouge de colère, il se leva brusquement de son fauteuil et beugla.

- Comment avez-vous osé faire cela ? Vous savez bien que moi-seul doit décider qui sera votre épouse.

- Mais, répliqua Quentin, je suis un homme accompli. J'ai vingt six ans et je peux décider seul de mon avenir.

- Eh bien non ! Rétorqua le baron dont la moustache tremblait de rage. Est-elle une hérétique ?

- Non, elle est chrétienne, comme vous et moi, et sa foi est plus grande que la nôtre. D'autre part, dois-je vous rappeler que Philippe de Souabe, que vous souhaitez voir monter sur le trône de notre pays, a épousé une fille de l'ex-empereur byzantin ?

- Non, mais il a été puni, car il n'a engendré que des filles !

Quentin insista encore pour lui faire admettre sa jolie fleur d'Orient.

- Peut-être vous plaira-t-elle lorsque vous l'aurez rencontrée. Voulez-vous que je vous la présente ? Elle est très belle.

- Quoi ? Vous l'avez amenée ici ? Hurla-t-il de nouveau. Quentin, je vous croyais devenu raisonnable, mais je dois constater que, une fois encore, vous avez osé vous opposer à moi. C'en est trop, vous dis-je ! Disparaissez de ma vue.

Quentin, furieux à son tour, partit en claquant la porte. Il fit un tour dans le jardin afin de se calmer. Il souhaitait cacher sa colère pour ne pas effrayer Aysu. Lorsqu'il réapparut dans la salle, celle-ci l'attendait sagement tout en bavardant avec Hilda. L'ancienne nourrice l'avait déjà adoptée, conquise par sa grâce et sa bonté.

Quentin s'étonna de ne pas voir Clémence en leur compagnie.

- Dis-moi, Hilda, peux-tu me dire où se trouve Clémence ? Je crois qu'elle s'entendra très bien avec Aysu

- Ah ! Mon cher Quentin, si vous saviez ! Mais je dois me taire. Je peux seulement vous informer qu'elle nous a quittés pour aller s'enfermer dans un couvent.

- Est-ce possible ? Je me souviens qu'elle cherchait à tout prix à se marier…N'a-t-elle donc pas réussi à trouver un homme de cœur, capable d'accepter sa situation de mère seule ?

- Eh bien, cela ne s'est pas produit. Clémence a donc trouvé refuge dans la religion. Je vous prie de ne plus me questionner davantage à son sujet.

Le jeune homme songea qu'un évènement anormal avait dû se produire, mais lequel ?

- Alors, qui veille sur Guillaume maintenant ?

- Une amie du comte de la Fourchardière, ou plutôt une de ses anciennes maîtresses dont il voulait se débarrasser.

- Ah Ah ! Ricana-t-il, cet enfant se trouve à bonne école dès son plus jeune âge. Bravo !

Le soir, à l'heure du repas, Godefroy ne descendit pas pour se joindre à eux. Il ordonna à un serviteur de lui apporter son repas dans son bureau. Aysu s'en étonna et questionna son époux.

- Je n'ai pas encore eu le plaisir d'être présentée à votre père. Quand donc le verrai-je ?

Quentin ne put se retenir de soupirer, mais trouva la force de la réconforter.

- Ne vous inquiétez pas, ma mie. Je l'ai vu tout-à-l'heure : il paraissait souffrant.

- Oh ! J'espère qu'il se remettra bientôt.

Le jeune homme ne répondit rien. Il tâchait de réfléchir afin de trouver une solution à ce fâcheux différend. Il connaissait, hélas, l'entêtement de son père et ne s'attendait pas à ce qu'il changeât d'avis. Puis ils partirent se coucher. Mais Quentin ne parvint pas à trouver le sommeil. Dans son cerveau enfiévré, il chercha toutes sortes d'arguments susceptibles de faire accepter sa nouvelle épouse à son père.

Quand l'aube éclaira faiblement la pièce, il songea que la meilleure solution, pour l'instant, était d'épargner Aysu, et donc de l'éloigner de cette sinistre forteresse. L'idée lui vint de la présenter à sa sœur Lidwine qui n'avait jamais craint de s'opposer au sire, et qui le comprendrait sûrement. Quant au duc de Sacht, bien qu'il fût très ami avec son père, il pourrait sans doute leur faire bon accueil. Et qui sait ? Peut-être serait-il en mesure d'influencer favorablement son ancien compagnon d'armes ? Il réussit enfin à s'endormir, soulagé par cette solution.

Il dormit très peu car le sire le fit réveiller deux heures plus tard par un serviteur. Celui-ci lui annonça que le baron désirait s'entretenir de nouveau avec lui. Il se vêtit en hâte, mais très doucement, afin de ne pas réveiller Aysu, et grimpa les escaliers en colimaçon qui conduisaient au cabinet de travail du sire.

Ce dernier l'attendait déjà de pied ferme.

- Quentin, si je vous ai demandé, c'est pour vous faire part de la décision que je viens de prendre en ce qui vous concerne. Voilà: j'ai l'intention de solliciter l'annulation de votre mariage auprès du Pape.

Le jeune homme sursauta devant un tel affront.

- Et pour quelle raison ? Vous ne connaissez même pas mon épouse !

- Peu importe la raison que j'invoquerai.

Quentin se mit à rire nerveusement.

- Père, cela vous sera impossible, car notre mariage a été consommé. Le Pape rejettera votre demande.

- C'est ce que nous verrons ! Mais s'il refuse, je vous sommerai de répudier cette épouse. Et vous convolerez avec la fille aînée de mon ami, Béatrix de Palindrey.

A ces mots, Quentin se révolta et cria de toutes ses forces;

- Jamais ! Vous m'entendez ? Jamais !

Alors, Godefroy, ivre de rage, se leva, renversa sa chaise, puis s'avança vers son fils pour le saisir par son col.

- Si vous me résistez, j'irai trouver un homme de loi et je vous déshériterai, au profit de Guillaume. Vous ne posséderez aucune fortune.

- Je me moque bien de votre fortune et de vos terres.

Quentin sentit la haine l'envahir devant tant d'injustice et ajouta.

107

- Dans ces conditions, comprenez, Père, que je ne souhaite plus demeurer en votre château, où l'atmosphère est devenue irrespirable.

- Et où irez-vous ?

- Dans un premier temps, j'irai présenter mon épouse à ma sœur. Ensuite, nous séjournerons chez un ami que j'ai connu lors de mon enseignement militaire à Dijon. Il est inutile que je vous donne son nom.

- Fort bien ! Répondit le baron. L'essentiel est que je ne vous retrouve plus ici, car vous êtes resté trop rebelle.

Quentin dut mentir à son épouse pour lui cacher le rejet du sire. Il lui expliqua que son père était très malade et qu'il ne pouvait pas quitter sa chambre. Aysu se montra désolée pour lui et accepta de partir dans le comté de Nevers, au château de Vauzelle, où résidait la famille du duc de Sacht. Il lui tardait de faire la connaissance de Lidwine, car son époux lui avait souvent parlé d'elle en des termes élogieux.

Le cocher de la forteresse les conduisit en carriole et la jeune femme fut enchantée de découvrir ces nouveaux paysages, si différents de ceux de son pays natal. La mer lui manquait, certes, mais elle admira les forêts qui encerclaient des lacs verts, à l'eau très pure. Pourtant, l'automne touchait à sa fin, et elle commençait à souffrir du froid.

Le jeune couple fut accueilli à bras ouverts par Lidwine, car l'absence de son frère lui avait pesé. Et elle avait craint de ne plus le revoir: tant de jeunes guerriers s'étaient fait emboutir au cours de cette quatrième Croisade ! Elle le serra très fortement entre ses bras, puis elle se tourna vers Aysu.

- Lidwine, je suis heureux de te présenter ma nouvelle épouse, Aysu, qui vient de l'Empire byzantin.

- Soyez la bienvenue parmi nous, car vous êtes ma

belle-sœur, et je vois que mon frère vous chérit. J'espère que ce voyage ne vous a pas trop fatiguée.

- Merci infiniment, madame la duchesse. Votre bonté me va droit au cœur, répondit Aysu en souriant.

- Appelez-moi Lidwine. Ce sera plus simple.

A ce moment-là, Conrad et Lizbeth firent irruption dans la salle de réception. Ils jouaient avec des balles et riaient beaucoup.

Aysu s'écria :

- Oh ! Quels magnifiques enfants vous avez là !

- Alors, je vous souhaite de devenir mère bientôt.

Puis la duchesse appela une servante.

- Fanchon, pouvez-vous conduire mon frère et son épouse dans la chambre du premier étage ?

- Bien, maîtresse.

Aysu se sentit rassurée dans ce château plus éclairé et moins austère que la forteresse de Lanicey. Lorsque le duc rentra de la chasse, tout joyeux d'avoir tué un cerf, il accueillit favorablement la nouvelle épouse de Quentin, bien qu'il vît qu'elle était étrangère. Il lui fit un baisemain galant et lui dit avec son plus charmant sourire.

- Vous nous apportez le soleil de la Méditerranée, chère baronne, car il pleut souvent dans notre région.

- J'en suis fort heureuse, répondit Aysu.

- Mettez-vous à votre aise. Si vous craignez le froid, un serviteur pourra allumer la cheminée de votre chambre.

Quentin et son épouse passèrent un excellent séjour au château de Vauzelle, et ce, jusqu'au début de l'année 1204. Lorsque le temps n'était pas trop froid, les deux jeunes femmes partaient se promener jusqu'au village le plus proche, en compagnie des enfants. Sinon, elles restaient assises au coin de la cheminée et bavardaient tout en brodant.

Conrad était devenu un garçon vigoureux, intrépide et il admirait beaucoup son père. Ce dernier lui avait appris à se battre avec une épée en bois, et l'enfant combattait souvent des ennemis invisibles, peuplant son imagination. Lidwine invitait régulièrement des amies châtelaines résidant dans son voisinage, et celles-ci venaient accompagnées de leurs enfants. Elle invitait également des ménestrels qui les distrayaient en jouant de la musique ou en récitant des poèmes. Puis la cuisinière confectionnait de savoureux gâteaux. Conrad avait manifesté très vite son désir de devenir le chef de ses camarades de jeux, ce qui plaisait au duc de Sacht. Agé de six ans, il n'avait pas encore quitté ses parents, mais l'heure arrivait, pour lui, de partir dans un autre château-fort, afin de devenir page au service d'un chevalier. Celui-ci lui apprendrait à se battre, à monter à cheval, à soigner les chevaux et même à le servir à table. Tous les garçons de famille noble devaient suivre cette éducation.

Aysu découvrit ces coutumes étrangères à son pays natal et s'en montra ravie. Mais là où elle fut très étonnée, ce fut lorsque Lidwine lui apprit.

- Savez-vous que Conrad est déjà fiancé ?

Aysu sursauta en entendant ces paroles.

- Non. Est-ce possible alors qu'il est si petit ?

- Oui, car nous avons des voisins qui cherchent à s'emparer de certaines de nos terres. Alors, plutôt que de guerroyer contre eux, nous avons préféré fiancer notre fils à leur fillette âgée de cinq ans.

- Et ont-ils accepté ?

- Oui, et à présent nous sommes devenus amis.

- Mais si dans quelques années ce projet ne pouvait pas aboutir, devrez-vous rompre cette amitié ?

- Mais cela se produit rarement, rassurez-vous.

- Et si Conrad refuse ce mariage ? Il possède déjà une forte personnalité.

Lidwine parut surprise par cette question.

- Mais il n'aura pas le droit de s'y opposer, sauf si cette petite fille présente une malformation cachée.

D'ailleurs, vous connaissez sa mère, la marquise de Virlojeux, car elle fait partie de mes invités, chaque jeudi après-midi.

Aysu demeura interloquée, mais ne fit aucun commentaire.

A la fin de l'année 1203, avant les festivités de Noël, la jeune baronne se sentit lasse. Elle préféra se retirer dans sa chambre plutôt que d'assister aux nombreuses fêtes organisées entre voisins et amis pour célébrer l'Avent.

Lidwine, surprise, vint la trouver.

- Pourquoi ne venez-vous plus vous joindre à nous ? J'espère que vous n'êtes pas fâchée ?

- Oh non ! Ne vous inquiétez pas. Vous êtes tous tellement bons pour moi ! Mais tout ce bruit m'étourdit un peu. J'ai besoin de me reposer.

- Excusez-moi si je vous parais indiscrète, mais ne seriez-vous pas grosse ? Cela semblerait tout-à-fait légitime.

Aysu leva sur sa belle-soeur des yeux brillants de joie.

- Si cela était, comme je serais comblée !

Lidwine fit venir la matrone qui avait effectué ses accouchements, et celle-ci confirma ce diagnostic. La naissance fut prévue pour le mois de mai 1204. Lorsque Quentin apprit cette nouvelle, il se sentit à la fois heureux et inquiet : le souvenir du décès d'Herminie le hantait encore...

Après les festivités de Noël, en janvier 1204, Quentin adressa un pli à son ami Thibaut de Menard, domicilié au château de Pouilly, en Bourgogne. Il lui avait écrit en ces termes :

"Cher ami,
Je dois vous apprendre que, faisant suite à une querelle survenue entre mon père et moi-même, il ne m'est plus possible de résider en sa forteresse.

Après avoir participé à la quatrième Croisade au Moyen-Orient, j'ai pris une nouvelle épouse là-bas. Mon père s'est opposé à ce mariage et nous a chassés. Nous nous trouvons actuellement chez ma soeur.

Aussi, j'ose, par ce courrier, vous demander de nous héberger en attendant de trouver une solution à ce conflit. Je vous expliquerai tout cela de vive voix.

Comptant sur votre compréhension et votre amitié, j'attends votre décision.

Bien à vous. Quentin de Lanicey".

Le jeune baron avait obtenu une réponse favorable de Thibaut de Menard, et, après avoir remercié sa soeur et le duc pour leur aimable hospitalité, il fit préparer leurs bagages.

Aysu s'était liée d'amitié avec Lidwine et appréhenda secrètement ce nouveau départ. Mais le principal était qu'elle suivît son époux, car lui-seul pouvait la rassurer et la protéger. Ce fut le cocher du duc de Sacht qui les conduisit en carriole. Comme la distance était importante, ils durent passer plusieurs nuits dans une auberge de passage. Arrivés à Pouilly, dans le duché de Bourgogne, ils ne tardèrent pas à apercevoir le château-fort occupé par le comte de Menard. Celui-ci avait été édifié sur un éperon rocheux, à la fin du XIème siècle, mais ses proportions restaient modestes. Il comportait, à l'origine, un simple donjon carré auquel fut adjoint, par la suite, une solide enceinte fortifiée, flanquée de deux tours rondes. On y accédait par un pont-levis. A l'intérieur, les logis étaient desservis par un large escalier en vis, compris dans une tour quadrangulaire.

Les deux amis, heureux de se retrouver, se donnèrent une forte accolade en riant. Puis Quentin découvrit avec étonnement que Thibaut s'était enfin résolu à se marier, lui qui avait tant charmé de nobles Dames, par le passé !

- Je vous présente mon épouse, Brunilde, qui m'a donné un adorable garçon l'an dernier et qui, de ce fait, m'a comblé.

Brunilde était une ravissante jeune Dame, fort élégamment vêtue, et probablement issue d'une famille fortunée.

- Toutes mes félicitations, cher Thibaut ! S'exclama Quentin. Pour ma part, je fus moins heureux que vous, car ma gentille Herminie, que vous avez connue, est décédée en couches, Puis je me suis enrôlé pour cffcctucr la quatrième Croisade. Et ce fut sur les terres de l'ancien Empire byzantin que j'ai découvert ma seconde épouse que voici.

Le comte se précipita vers Aysu pour lui faire sa plus belle révérence et lui dit.

- Noble Dame, votre beauté illuminera ce château, et j'en suis ravi. Aysu rougit légèrement tout en le remerciant. Elle sentit immédiatement que cet homme était séducteur et volage. Il leur avait réservé une chambre très agréable, meublée avec goût, et dont les fenêtres donnaient sur un verger.

Une servante aida la jeune baronne à s'installer, puis celle-ci décida de se reposer, car le voyage en carriole l'avait fatiguée.

Pendant ce temps, les deux amis discutèrent librement, installés dans la salle de réception, tout en dégustant du bon vin. Quentin expliqua pour quelles raisons il avait quitté son père: ce dernier s'était fâché parce qu'il avait osé se marier sans avoir obtenu son consentement. Ou plutôt parce que ce mariage n'avait pas été décidé par lui.

Thibaut fut révolté par l'incorrection du sire qui avait refusé de rencontrer Aysu., une jeune femme aussi jolie !

- Ce vieux bougre - excusez-moi d'utiliscr cette expression - est toujours aussi imbu de lui-même, décréta le comte.

- Et, par surcroît, il m'a chassé de chez lui, après m'avoir menacé de me déshériter ! Quel père indigne ! Mais pour moi, il n'est plus mon père.

- S'il vous déshérite, où allez-vous vous installer ?

- J'y ai déjà réfléchi: mon beau-frère, le duc de Sacht, possède une autre forteresse en Bavière. Elle est actuellement inoccupée. Je pourrais la gérer, en accord avec lui. Mais il doit d'abord faire effectuer des travaux pour la remettre en état. C'est pourquoi j'ai sollicité votre hospitalité.

- Oui, cela pourrait être une excellente solution.

Puis Thibaut le questionna de nouveau.

- Envisagez-vous de vous venger de cet affront impardonnable de la part d'un père ?

- Non, pas encore, mais j'avoue que cela pourrait peut-être m'apaiser.

Durant un court instant, chacun d'eux resta plongé dans ses propres réflexions. Puis Thibaut demanda.

- Au fait, cher ami, vous ne m'avez point raconté comment vous vous êtes vengé de votre belle-mère. Souvenez-vous qu'elle me fît l'affront de refuser mes avances, lors de votre mariage avec votre première épouse.

- C'est vrai. Je dois vous apprendre qu'elle est décédée à la suite d'un accident, une malencontreuse chute de cheval. Une énorme pierre s'est détachée d'un rocher, juste devant son cheval, et celui-ci s'est cabré. Etant tombée sur la tête, elle n'a pas survécu. A la fonte des neiges, il arrive souvent qu'une portion de roche se détache de la falaise et cela peut provoquer des accidents tels que celui-ci...

- Tudieu ! Est-ce possible ! S'écria le comte. Ainsi, le destin vous a vengé ?

- Oui, et je dois avouer que je n'en fus pas chagriné.

- Alors nous sommes vengés tous les deux. A la bonne heure !

Ils continuèrent à boire, et, sous l'effet de l'alcool, ils se mirent à rire tous les deux.

114

Thibaut de Menard, tout comme Quentin, était un fervent partisan du roi Othon IV de Brunswick.

Il possédait des amis proches de ce roi, à commencer par le duc Eudes III de Bourgogne, qui avait épousé une parente de Othon IV. Il se rendait souvent au palais de ce duc, à Dijon, pour assister aux nombreuses fêtes que celui-ci organisait pour distraire tous ses amis haut placés.

Il y entraîna Quentin et son épouse qui furent bien accueillis dans ce cercle. Le jeune baron retrouva avec plaisir son ancien ami, Roland de Chessac, et ils s'amusèrent à croiser leurs épées, comme lorsqu'ils avaient vingt ans. Par contre, la comtesse de Chessac, qui fut autrefois amoureuse de Quentin, éprouva une pointe de jalousie face à la beauté rayonnante de son épouse.

Le duc organisa également des parties de chasse à courre, ainsi que des tournois. Ceux-ci attiraient de très nombreux chevaliers provenant non seulement de Bourgogne, mais de contrées lointaines, telles que la Flandre, ou la Germanie, ou parfois même d'Angleterre.

Dans les salons, tous ces aristocrates se préoccupaient beaucoup de politique, qui de la France, qui de la Germanie. Ce fut là que Thibaut et Quentin entrèrent en contact avec un prince allemand qui avait épousé une comtesse bourguignonne. Ce dernier, fervent partisan d'Othon IV de Brunswick, les enthousiasma à un tel point, qu'ils décidèrent de combattre à ses côtés. Dans un premier temps, il fallait dénoncer les opposants d'Othon, dont le sire de Lanicey et ses amis faisaient partie. Puis, dans un second temps, il s'agissait de les attaquer pour les amoindrir.

Ce fut alors que Thibaut dit à Quentin :

- Cher ami, vous possédez un excellent alibi pour vous venger de votre père.

- A quoi pensez-vous exactement ?

- Eh bien, si vous le dénoncez aux partisans de ce prince allemand, ceux-ci n'hésiteront pas à assiéger sa forteresse. Et comme ils sont très nombreux, le sire de

Lanicey risquera fort d'être vaincu.

- Il faut que je réfléchisse, répondit tout d'abord Quentin.

Le jeune baron détestait son père, certes, puisque ce dernier l'avait banni. Mais de là à attaquer sa forteresse et peut-être la détruire... cette solution lui parut terrible, car ce château était celui dans lequel il avait grandi et vécu jusqu'à présent.

De retour à Pouilly, Thibaut l'interrogea de nouveau.

- Qu'avez-vous décidé concernant l'attaque du château de votre père ? N'oubliez pas que, en s'opposant à Othon, il fait preuve de trahison et qu'il mérite une punition. Quentin hésita encore avant de déclarer.

- Vous avez raison. Cependant, je ne souhaite pas sa disparition.

- Bah ! Il saura bien se défendre. C'est un vieux renard, croyez-moi. Et puis, souvenez-vous qu'il m'a vertement chassé lors de votre premier mariage.

Le jeune homme finit par donner son accord. Mais il refusa de faire partie des combattants.

Le printemps commençait à accrocher de tendres bourgeons aux arbres et la nature parut se réveiller. Les premiers crocus percèrent la neige qui les recouvrait, puis les blondes jonquilles envahirent les bois. Des herbes sauvages s'échappèrent des sentiers pierreux. Et les paysans s'apprêtèrent à labourer le sol.

Godefroy se rendait parfois sur ses terres, mais il restait encore souvent chez lui pour faire ses comptes ou pour rédiger du courrier. Un jour, depuis son cabinet de travail, il entendit des bruits de galop, mélangés à des hennissements de chevaux. Puis il remarqua que ceux-ci se rapprochaient singulièrement de sa forteresse. Pourtant il n'attendait personne.

Intrigué, il grimpa tout en haut du donjon et dit aux gardes.

116

- J'aperçois au loin des cavaliers inconnus, en quantité importante, et cela ne présage rien de bon. Qu'en pensez-vous ?

- Vous avez raison, Seigneur. Ce sont certainement des hommes armés qui souhaitent vous attaquer.

- Alors, que tout le monde, ici, s'apprête à riposter ! Ordonna-t-il. Faites remonter le pont-levis, et vite !

Parmi les habitants du château, le bruit se répandit rapidement que des ennemis allaient les assaillir, et des servantes, affolées, se mirent à pleurer. Les serviteurs, quant à eux, couraient dans tous les sens. Seul, Ulric garda son sang-froid. Il rejoignit le sire et vit de nombreux guerriers qui encerclaient la forteresse en vociférant. Leur porte-drapeau déclara.

- A bas le seigneur de Lanicey, le traître qui refuse d'obéir à notre roi ! Nous savons qu'il a comploté pour venir en aide à Philippe de Souabe, l'usurpateur, et nous l'abattrons pour ce motif.

- Ne craignez rien, Maître, prononça Ulric d'une voix ferme. Ils se fatigueront avant nous. Même s'ils nous assiègent, nous pouvons vivre longtemps sans qu'il soit nécessaire de sortir. Nous possédons suffisamment d'eau et de nourriture.

- Non, je ne m'inquiète pas, répondit le sire. T'es-tu assuré que toutes les issues sont bien fermées ?

- Oui, elles le sont toutes.

- Alors nous n'avons plus qu'à attendre qu'ils se lassent. Va tout de même vérifier si nous possédons suffisamment de vivres pour leur résister.

Ainsi tous les habitants de la forteresse de Lanicey vécurent sans sortir durant presque quinze jours. Godefroy apprit par un garde qu'un ennemi avait tenté de le soudoyer, en lui offrant une grosse somme d'argent contre l'ouverture de la porte. Mais ce garde, intègre, avait refusé.

Le sire lui promit de le faire monter en grade s'ils réussissaient à vaincre ces félons. Car il avait reconnu des guerriers appartenant au clan d'Othon IV de Brunswick.

Voyant que le sire ne se rendait pas au bout de quinze jours de siège, les assaillants décidèrent de changer de tactique: ils tentèrent de creuser une galerie sous le mur d'enceinte en étayant les pierres au fur et à mesure avec des poutres de bois, et ceci dans le but qu'elle s'effondrât. Ils creusèrent longtemps, mais Godefroy resta serein, car il savait que cette muraille, construite sur un rocher, mesurait trois mètres d'épaisseur. Il était donc impossible de pénétrer à l'intérieur du château par ce moyen-là.

Ensuite, ils utilisèrent des balistes: il s'agissait de grosses arbalètes montées sur pieds, munies de roues, qui lançaient des flèches géantes à plusieurs mètres de distance. Mais les gardes du sire en possédaient également. De nombreuses flèches volèrent de part et d'autre, au-dessus du mur de l'enceinte. Malheureusement, au cours de la bataille, plusieurs guerriers appartenant à la forteresse furent touchés et tués, ce qui occasionna une grande émotion parmi ses habitants. Alors les traîtres décidèrent de grimper le long de la muraille, en utilisant une tour appelée beffroi. Celle-ci permettait de grimper tout en restant protégé : c'était une tour de bois montée sur roues, recouverte de peaux mouillées pour la rendre ininflammable. Sa hauteur était calculée pour dominer le sommet d'une muraille et les étages permettaient d'abriter de très nombreux attaquants.

Le sire ordonna de repousser cette tour en arrière, et celle-ci s'écroula, mais plusieurs assaillants avaient réussi à atteindre le sommet de la muraille. Ils sautèrent à l'intérieur de la cour de la forteresse et éventrèrent la porte d'entrée à coups de hache. Ils massacrèrent à l'épée d'autres soldats du château, puis parvinrent à pénétrer à l'intérieur. Enfin l'un d'eux saisit une torche enflammée qui était accrochée à un mur et mit le feu à un rideau. L'étoffe brûla rapidement, mais Ulric qui se trouvait présent, parvint à l'éteindre en lançant une bassine d'eau dessus. Certains soldats, très braves, leur lancèrent des flèches, embusqués derrière un escalier, mais plusieurs d'entre eux furent tués. Alors les autres guerriers s'enfuirent, avec les serviteurs, par une issue masquée derrière une armoire. Puis les assaillants restèrent enfermés, à l'intérieur de la forteresse. Cependant, ceux-ci, se considérant victorieux, se mirent à crier de joie. Mais leur chef, un seigneur appartenant au clan d'Othon IV, déclara :

118

- Notre mission ne sera accomplie que lorsque nous aurons trouvé le seigneur de ce château, mort ou vif. S'il est encore vivant, nous le capturerons et le traînerons devant les tribunaux du roi qui décidera de la sentence à prononcer à son encontre.

- Hourrah ! S'écrièrent les guerriers vainqueurs. Cherchons-le ! Fouillons de fond en comble cette forteresse jusqu'à ce que nous mettions la main sur lui. Ensuite, ce traître se souviendra de nous.

Ils pénétrèrent dans toutes les pièces du château, cassant les chaises et la vaisselle. Certains en profitèrent pour dérober des objets de valeur. Puis ils se retrouvèrent tous dans la salle principale, traînant quelques pauvres femmes qui n'avaient pas réussi à s'échapper à temps.

Parmi elles se trouvait la vieille Hilda. Celle-ci ne craignait pas la mort. Le chef se précipita sur elle, et, pointant son épée sous sa gorge, lui ordonna.

- Toi, la vieille, dis-nous où se cache ton maître, sinon je te couperai la gorge.
Sans trembler, Hilda répliqua simplement.

- Seigneur, nous l'ignorons...car notre maître ne nous dit jamais où il se trouve lorsqu'il est absent.

Soudain, une cinquantaine de soldats armés débouchèrent dans la salle, en hurlant. Ils étaient entrés par une issue connue seulement par le sire de Lanicey.

- A présent, vous êtes faits, piégés comme des rats ! Rugit-il.

Aidé par ses amis, le vicomte de Palindrey, le marquis d'Attrans et le comte de la Fouchardière, celui-ci put aisément faire massacrer tous ces félons.

FIN

Table des Matières